부끄러움의 깊이

부끄러움의 깊이

1판 1쇄 인쇄 2017년 3월 17일
1판 1쇄 발행 2017년 3월 24일

지은이 김명인
펴낸이 임중혁
펴낸곳 빨간소금

등록 2016년 11월 21일(제2016-000036호)
주소 (04044) 서울시 마포구 양화로8길 17-9, 2층
전화 02-916-4038 팩스 0505-320-4038
전자우편 jioim99@hanmail.net

ISBN 979-11-959638-3-6 03810

* 책값은 뒤표지에 있습니다.

부끄러움의
깊이

김명인 산문집

빨간소금

부끄러운 이야기

과공비례(過恭非禮)라는 말이 있다. 공손이나 겸양도 지나치면 오히려 예의가 아니라는 말이다. '부끄러움'이라는 감정은 매우 소극적이며 밖으로 내뻗는 감정이 아니라 자기 안으로 갈마드는 감정이다. 그러므로 부끄럽다는 말은 되도록 작게, 어쩌면 남들이 잘 못 알아들을 정도로 겨우 꺼내놓아야 제격이다. 하지만 동시에 그 부끄러움의 감정과 부끄럽다는 말은 매우 적극적이고 의지적인 말이기도 하다. 그 감정, 그 말은 곧 이제부터는 더 이상 부끄럽지 않으리라는 다짐이 없이는 공소해지기 때문이다.

그러므로 부끄럽다는 말을 크게 하는 자, 믿어서는 안 된다. 부끄럽다는 말을 일삼아서 반복하는 자 역시 믿어서는 안 된다. 과공은 비례이고 더 지나치면 그저 또 하나의 후안무치가 될 뿐이다. 그런데 이 책의 제목을 '부끄러움의 깊이'로 붙였다. 부끄러움을 앞세우다 못해 그것이 깊기까지 하다고 자랑질하는 형국이다. 점입가경이다.

그런 걸 알면서도 나는 여전히 부끄럽다. 젊은 시절엔 남 못지않게 야망과 결기로 똘똘 뭉친 삶을 살았고 언제부턴가는 그걸 속으로 감추느라 부끄러움을 내세웠다. 하지만 이젠 그 야망도 결기도 다 사라지고 부끄러움의 페르소나가 진짜 얼굴이 되어버린 것이다. 다들 저마다 제 몫의 삶을 사는 것이라 누군가에게는 후안무치의 뻔뻔스러움이 삶의 방법이 되어버리듯, 나는 어쩌다 보니 부끄러움을 내 삶의 방편으로 삼게 되었다 할까? 둘 다 원래의 삶이 소외된 결과라는 점에서는 다를 게 없다. 그러니 좀 뻔뻔스럽지만, 나는 부끄러움을 내 등록상표로 써먹기로 한다.

3~4년 전부터 주로 페이스북에 이런저런 잡문들을 써 왔다. 페이스북이란 곳은 개인적인 낙서장도 아니고, 완연히 공적 매체도 아닌 반공반사(半公半私)의 독특한 매체다. 사람마다 다르겠지만 나는 이 공간에서의 글쓰기가 비교적 편안한 쪽이다. 일기만큼은 아니겠지만 내 일상과 심사의 한 구석을 제법 드러낼 수도 있고, 본격 비평만큼은 아니겠지만 동시대의 공적 문제들에 대해 어지간한 의견 표명도 자유롭게 할 수 있기 때문이다. 이 누추한 책에 실린 글들은 대부분 근년에 페이

스북을 통해 가까운 사람들에게 토설해놓은 글들이다. 그러니 새로울 것은 없고, 그저 한데 모아놓았다는 게 새삼스러울 뿐이다. 아무 곳이나 펼쳐 읽다가 그냥 던져두어도 무방하다는 게 아마 이 책의 유일한 장점일 것이다.

쓰레기더미처럼 많은 잡다한 글들 중에서 그나마 산문집이라는 이름에 값하는 것들을 추려서 이렇게 책 한 권을 묶을 수 있게 된 것은 순전히 '빨간소금'의 임중혁 대표 덕이다. 빨간소금이 이제 갓 출발한 일인 출판사가 아니었다면, 이런 책 같은 건 편집부나 영업부 식구들의 반대 의견에 막혀 도저히 나올 수 없었을 것이다. 고마울 따름이다.

2017년 봄, 인천에서
김명인

차례

서문 부끄러운 이야기 · 5

저기 낮선 남자 하나 ————————————

이렇게 늙는다   15
틈   16
세월   21
남은 사람들   25
오십 년이 지났다   31
저기 낮선 남자 하나   33
빚진 자의 혼잣말 ― 전태일 단상   · 35
취직했습니다   41
나의 영원한 배후, 이원주 형의 영전에   46
명령이 부족한 밤   52
무모한 희망   54
억압적 희망, 습관적 절망   56
하나하나 다가온다   58
궁극의 희생   60
이 불편함에서 다시 시작하지 않으면   62

관념적 래디컬리즘에 대한 변명   65

나는 좌파다?   68

몽상의 인문학, 비현실의 사회과학   75

중독   78

모두가 귀족이 되는 세상   82

얼치기 페미니스트의 변명   88

그대 언 살이 터져 시가 빛날 때   93

비 온다   96

낮술   98

일몰   100

슬픔의 문신

저건 내가 아니다   105

지친 낙타   107

지금 데려가 다오   110

개 같은 희망   113

떠도는 슬픈 넋의 노래   117

징벌의 시간   123

미안하다 영근아   126

부끄러움의 깊이   132

집에 가자   136

생의 진퇴유곡에서   139

강철로 만든 노래비 하나   144

고갈되어 가는 존재들   149

다시 노동문학   155

어떻게 계속할 것인가   158

반갑고, 고맙다   161

나 자신에게 승리한다는 것   164

꽃은 경계에서 피어난다   169

조지 오웰   176

그녀들에게   181

미야자키 하야오   184

또박또박 따라 적을 것   188

우리는 인간인가

조국은 없다   195

말 새로 배우기   196

어떤 반성   198

메갈리아와 전복의 언어   201

진보를 '참칭'하는 자들   213

분노, 혐오, 그리고 짜증   217

불륜, 매춘, 그리고 윤리 도덕   223

헬조선   229

좌우에서 상하로   234

문학으로?   241

나는 지금 조증이다   246

꼭 문학이 아니라도 좋다   249

이시영 선생님께   253

문제는 계엄령이 아니다   261

누구를 믿을 수 있을까   266

우리는 인간인가   270

이 깃발 아래서   272

어떤 만시지탄   278

그날은 언제 오는가   281

저기
낯선
남자
하나

이렇게 늙는다

왼쪽 눈에도 결국 1년 만에 메스를 댔다.

이제 내 눈에 원래 내 것이었던 수정체는 하나도 남아 있
지 않게 되었다.

내일 거즈를 풀면 눈앞의 세상은 밝아지겠지만

내 눈 뒤쪽에는 분명 지울 수 없는 그늘이 생길 것이다.

이렇게 늙는다.

서른 즈음에 요절할 기회를 놓치고 나면

그다음부터 삶은 이렇게 점점 구차하고 너절해진다.

틈

서울집에 와 있는 지 사흘째다.

8월 28일, 가을학기 개강을 앞둔 폭풍 전 고요 같은 한때. 자그마치 10시간이나 수업이 잡혀 있어 마음이 지레 버거운지라 그 직전의 이 여유가 아슬아슬하고 서럽기까지 하다. 수요일 밤 집에 와서 목요일 오전에는 오랜만에 충무로에 나가 아침 영화를 보고 오후에는 내내 잠을 자고 밤에는 내친김에 비디오 한 편을 더 빌려다 봤다. 그 밤에는 모처럼 잘 잤고 내친김에 어제 금요일 오전에는 남은 잠도 더 자서 밀린 피로를 다 풀었다.

틈틈이 가까운 작가들이 보내준 소설도 읽고 강의거리가 될 만한 이론서도 뒤적였지만, 그건 전부 다음 잠을 자기 위한 예비동작에 방불한 것이었을 뿐. 게다가 어젯밤에는 오랜만에 맥주를 석 잔이나 들이켰다. 아침에 눈을 뜨자마자 얼굴과 목덜미를 쓸어봤더니 다행히 오히려 어제보다 더 매끈했다. 정말 몸도 마음도 시원한 맥주 한 잔을 원했던 모양이다. 수마 끝의 맥주 한 잔은 그렇게 개운했다. 오늘은 아침에 졸지 않았고 아무도 없는 집에 홀로 앉아 있는 동안 읽던 책도 머릿속에 잘 스며들었다.

그러나 책이 잘 읽히고 책과 관련한 상념도 조리 있게 떠올랐다 가라앉기를 반복하는 동안 갑자기 엉뚱한 생각이 떠올랐다. 이게 뭐하는 짓인가, 이게 사는 것인가 하는 생각. 학기가 시작되면 긴장하고 방학을 하면 이완되고, 해야 할 일과 하고 싶은 일 사이에서 하릴없이 오가다 저절로 맥이 빠지는 일의 반복, 아무것도 끌고 가지 못하면서 나도 알 수 없는 무엇인가에 의해 이렇게 끌려 다니며 사는 것이 과연 살고 있다고 할 수 있는 것인가 하는 생각. 무엇을 위해서, 무엇 때문에 이렇게 나날을 맞고 보내고 있는가 하는 생각이 불현듯 떠올랐다. 갑자기 모든 것이 막막해졌다.

점심을 차려 먹고 옷을 갈아입고 집을 나섰다. 그 막막함이 그러라고 시켰다. 가까운 곳에 있는 성북동 이태준네 집을 찾았다. 거기 그 옛집에라도 가서 차 한 잔 마시면서 잠시 앉았으면 최소한 이 막막함에 어떤 답이라도 얻을 수 있을 것 같았다. 한낮에 그 집 수연산방(壽硯山房)의 외쪽 대문 안쪽 마당 한 귀에 자리를 잡고 앉았더니 역시 조금 살 것 같았다.

몇 년 전까지 있던 담장 아래 죽은 대추나무는 그새 밑동 근처에서 잘려 없어졌지만, 대신 배롱나무 한 그루가 제법 그득하게 꽃을 피우고 있었다. 또한 마당 여기저기에는 분꽃이며 맨드라미며 쑥부쟁이며 나팔꽃이며 봉숭아며 심지어는 패랭이꽃까지 경염(競艶)이 한창이었다. 그러고 보니 이 집에 온 게 겨울에 한 번 가을에 한 번이었을 뿐, 여름엔 처음이다. 그런데 늦여름 한낮의 이 시간이 그중 제일 좋은 것 같다.

  이 집은 이태준의 생가가 아니다. 철원 빈농 출신인데다 어리고 젊은 날 내내 찢어지게 가난한 고학생 이태준에게 이런 제대로 구색을 갖춘 생가는 언감생심이었다. 이 집은 해방이 된 이후 그나마 그가 선생질도 하고 해서 좀 살게 되었을 때 모처럼 마련한 '지상의 집 한 칸'이었다. 몇 년 살지도 못하고 곧 월북해 버려서, 아마도 북에서 넝마주이를 하다가 죽어갔다던 그의 마음속에서는 더 안타깝고 애절한 집이었을 것이다. 이 집에는 지금까지도 모처럼 마련한 집 한 칸에 쏟은 그의 자잔한 애정이 여기저기 남아 있어서 마음이 아프다. 난이며 백자 같은 것을 그렇게 좋아하던 의고파의 마음에 이 정갈한 한옥 구석구석이 얼마나 애틋했으랴. 저주받을 전쟁과 분단만 없었다면 그는 아마도 여기서 살다 명을 다했을 것이다. 명을 다할 때까지 벼루에 먹을 갈겠다고 해서 이 집 이름을 '수연(壽硯)'이라 한 것 아닌가 제멋대로 헤아려도 본다.

그런 집 마당에서 나는 찬 커피 한 잔을 시켜 놓고 아침부터 공연히 시작된 마음의 막막함을 달래고 있다. 달래질까? 아니, 내 마음은 그대로 접어두고 나는 그 상허(尙虛)라는 한 사내의 마음을 대신 달래고 있는 형국이다. 그는 식민지 시대를 살다가 해방된 조국을 잠시 봤지만 이내 역사의 어둠 속으로 스러져 버렸다. 희망은 그에게 곧 비극이 되었다. 나는 그가 남기고 간 이 고졸한 집 마당에 앉아서 그 비극적인 사내, 그리고 그와 비슷한 길을 간 사람들을 생각했다. 나는 그들이 잠시 보았던 희망과, 그들이 떨어져 들어간 나락 같은 절망과, 그 희망과 절망의 끝에 엉버티고 선 비극적 파탄을 생각했다.

이런 생각이 그들에게 진혼이 될까? 나는 그들을 진혼하고 있는 걸까? 이렇게 생각하니 조금 억울하단 생각이 들었다. 그럼 나는 뭐란 말인가 하는 생각. 차라리 그들의 비극이 더 행복해 보이지 않는가 하는 항변을 내뱉고 싶어진다. 내 젊은 날도 그들처럼 희망과 절망이, 혹은 절망과 희망이 앞서거니 뒤서거니 닥쳐왔었다. 하지만 그다음 날들은 아무것도 아니었다. 비극으로 마무리된 것도 아니고 희극으로 끝난 것도 아니었다.

비극도 아니고 희극도 아닌, 갑자기 고무줄이 툭 끊어져버린 것 같은 그런 생. 그렇게 엉거주춤한 채로 나는 지금까지 살고 있는 것이다. 그 엉거주춤함 때문에 나는 이렇게 종종 막막해진다. 나는 그들을 달랠 수 있을지 모른다. 하지만 그들은 나를 달랠 수 없다. 혹 나는 그들을 진혼할 수 있을 것이다. 그러나 그들은 나를 진혼하지 못한다. 아무도 내 생을 진혼하지 못한다.

그럼에도 불구하고 나는 그 수연산방의 고즈넉한 마당으로부터 조금 생기가 돌아서 돌아와 이 글을 쓴다. 쓸쓸한 일이다. 막막함에 막막함이라는 이름을 붙이고 오니까 조금 기분이 나아진다. 그게 쓸쓸하다. 하지만 이 쓸쓸함에도 쓸쓸함이라고 이름을 붙이니까 역시 조금 살 만해진다. 이름을 붙이고 나면 거기 조금 틈이 생긴다. 그 틈들이 나를 살게 한다. 글을 쓰는 것은 사물에 마음에 느낌들에 이렇게 이름을 붙이는 일이다. 그러고 나면 살 구멍이 생긴다. 그 틈 혹은 잉여, 세상 아무짝에도 쓰잘 데 없을 것 같은 이 한낮의 짧은 외출이 만들어낸 이 좁은 틈새로 나는 겨우 숨을 몰아쉰다. 다시 살자. 이게 내가 사는 법이다. 비록 이 글의 마침표를 찍고 나자마자 다시 더 큰 막막함이 밀려들지라도.

세월

　오늘은 결혼 30주년 되는 날이다.

　30년 전 오늘 결혼식장이던 동숭동 흥사단회관에 남색 두루마기에 동무들 무등 타고 기세등등하게 입장하여 새하얀 인견 치마저고리 입고 기다리던 신부 앞에 섰던 그때, 나는 30년 후에 내게 이런 미래가 오리라고는 상상도 하지 못했다. 성가신 지병과 싸우느라 어지간히 지친 데다 이제는 백내장으로 눈 하나까지 어두워 읽고 쓰는 일에도 쉬 피로해져 참으로 쓸쓸한 오늘 같은 날이 오리라고는……. 물론 당시에는 내 개인의 앞날을 생각할 여유가 없던 때이기도 했다. 머릿속에는 그저 오직 '해방의 길', 나 한 몸이야 그 길 어느 모퉁이에서 장렬하게만 사라질 수 있다면 그뿐이라고 생각했었다.

　2년 8개월 징역살이를 수발들며 기다려준 예쁘고 미쁜 아내와 결혼하면서도 그 결혼으로 어떤 '행복한 보금자리'가 이루어져야 한다는 생각은 조금도 한 적이 없었다. 다만 결혼하고 아이들 기르고 하는 뭇 사람들 다 겪는 일을 피하고서야 민중의 삶에 함께할 자격이 없다고 생각했을 뿐이다. 그러니 알뜰살뜰한 연애도 깨알 같은 결혼생활도 애당초 시야에 들어온 바가 없었다.

그런데 30년이 지난 지금, 나는 50대 후반 병약해진 초로의 대학교수가 되어 이렇게 지난날을 돌아본다. 돌아보니 참 쓸쓸한 세월이었다. 혁명가의 삶을 살고자 했으나 얼마 못 가 한갓 문필가의 삶이 왔고, 또 가난한 문필가의 삶조차 그대로 지키지 못하고 어정어정 대학교수의 길로 접어들게 되었다. 한때는 부끄럽고 욕된 삶이라고 생각한 적도 있으나, 모리배들 돈세탁하듯 인생과 인생에 대한 관점도 하도 여러 번 세탁을 하고 나니 이젠 그런 생각조차 들지 않는다. 과거의 무게만 여전히 무겁고 미래에는 도대체 기다릴 무엇이 없어 현재는 그저 매일매일의 연장일 뿐인 삶, 습관처럼 분노하고 습관처럼 우울하고 습관처럼 자학할 뿐이다.

다만 그 세월 내내 변함없이 동갑내기 아내가 있었다. 내가 세상과의 막막한 싸움에 온몸을 던지는 시늉을 하던 학생 때나, 펜 한 자루로 세상에 맞서겠노라며 사실은 고등룸펜의 삶을 살았고 말로만 페미니스트일 뿐 사실은 자기를 철저히 소외시키던 결혼 초기에나, 대학원에 다닌다며 세월을 축내던 시절이나, 교수가 되어 허언과 위선을 직업으로 삼게 된 지금이나, 아내는 나의 그 자기기만과 위선과 배신을 묵묵히 바라보았다. 그리고 그 요설과 변덕과 잘난 체와 자신에 대한 부당한 무시와 모멸을 견디며, 끝까지 내가 원하는 것은 그 안에 다만 1퍼센트의 긍정적인 무언가만 있으면 무엇이든 하도록 내버려두었다. 내가 결국 아무것도 지키지 못하는 존재임이 판명된 지난 30년 동안 아내는 자기를 모두 던져 나를 지켰고, 아이들을 지켰고, 이 '집'을 지켜왔다.

지금 집 거실에는 이제는 다 커서 서른, 스물일곱이 된 아이들이 선물한 장미꽃다발이 꽃병에 꽂혀 있다. 이 집도, 이 다 큰 아이들도 전부 아내가 이루어낸 것이다. 나는 이 안에서 늘 헛것이었다. 아내가 평생을 지켜온 이것을 나는 늘 가벼이 여겼다. 내 관념 속에서 나는 이 집과 이 가족을 마치 무슨 실패의 흔적처럼, 배신의 징표처럼 여기도록 훈련해왔다. 여기는 늘 내가 머물러서는 안 될 곳이었고, 나는 이곳이 아닌 어떤 곳에서 뭔가 더 큰 일을 하고 있어야만 했다. 내가 가장 '가정적'이었을 때에도 내 마음 속에는 늘 어떤 '유보'가 있었다.

돌이켜보면 사실은 마지막까지 나를 지켜준, 나를 살게 해준 곳이 이곳이다. 이 '집'이었다. 알고 보니 나는 이 집에다

대고 아니라고, 나는 여기 머물 수 없다고, 이곳은 내 희망의 폐허라고 온갖 몹쓸 말과 생각을 다 퍼부으면서 사실은 이 집이 없으면 어느 곳에도 존재할 수 없었던 삶을 살아왔다. 아침마다 여기 이곳에서 삶을 시작해왔으면서도 나는 그것을 애써 부정해왔던 것이다. 지금 내게는 이 집조차 너무 크고 무겁다.

　내가 허망하게 세월의 허공을 떠도는 동안 이곳에 뿌리내린 아내는 어느새 나를 압도하는 거인이 되어 있었고, 그 사이 아이들도 어느새 나보다 더 어른이 되어 있었다. 세월의 거품이 꺼지고, 위선과 허영의 껍질에 바람이 빠지고 난 나는 알고 보니 그저 병약하고 신경질만 남은 초로의 늙은이에 불과했다. 밖에서는 몰라도 이 집에서는 내가 가장 어리고 어리석다. 아내는 그걸 벌써 알았고, 요즘에는 아이들도 눈치채기 시작한 듯하다. 그래, 이제는 그걸 인정하지 않으면 안 된다. 그리고 어떻게든 다시 시작하기로 하자.

남은 사람들

"덕규가 돌아보았을 때 새댁은 대문 앞 우물가에 서 있었다. 선이 고운 아내의 얼굴 윤곽이 팽팽한 활시위처럼 긴장해 있었다. 그는 웃으려고 했다. 그러나 아내의 눈에 과연 웃는 얼굴로 보일지는 자신할 수 없었다. 팔짱을 낀 검은 양복이 걸음을 재촉했다. 바로 눈앞에서는 회색 양복이 진창을 딛지 않으려고 보폭을 정교히 조절하며 어깨의 흔들림도 없이 걷고 있었다. 아무 데로도 탈출할 수 없게 된 순간에야 비로소 그는 미리 어딘가에 몸을 숨기는 게 좋지 않았을까 생각했다."

— 권여선, 《토우의 집》 중에서

나에게도 이런 순간이 두 번쯤 있었다. 한 번은 1980년 12월 16일이었다. 학부 졸업반이었던 나는 당시 학과의 관례대로 졸업논문을 발표해야 했고 그날은 졸업논문 발표일이었다. 아침부터 순서에 따라 발표와 토론(주로 지도교수님들의 지적이었지만)이 진행되었었는데, 나는 오후 첫 번째 혹은 두 번째쯤 순서인가로 기억한다. 그런데 점심식사 이후 오후 순서가 시작된 지 얼마 되지 않아 누군가 발표장으로 쓰던 강의실에 들어와 과사무실에 어떤 사람들이 나를 찾아왔다고 전해줬다.

나는 그들이 누구인지 금방 알 수 있었다. 그들은 내가 밖으로 나가자마자 나를 데려갈 것이다. 잠시 창밖을 보았다. 저 창문을 통해 밖으로 나가 아래로 뛰어내리면 어떻게 몸을 피할 수 있을지도 모른다 생각했다. 하지만 판단이 잘 서지 않았다. 그들이 나를 찾아온 것은 알겠지만, 정말 내가 무슨 일을 했는지를 알아서 온 것인지 아니면 그저 참고삼아 온 것인지 알 수 없었다. 정황으로는 전자 쪽보다 후자 쪽이 더 가까울 것 같았다.

나는 얼마간 시간을 끌다가 가방이며 책을 대학원생 선배에게 부탁하고 밖으로 나갔다. 그들을 따라 눈이 올 것처럼 유난히 우중충하고 을씨년스러웠던 겨울 캠퍼스로 나서서 기다리던 검은 승용차 뒷좌석에 올라탔다. 그들과 나 외에 또 누가 있었던가 잘 기억이 나지 않는다. 아마도 몇몇 선배와 동료들이 그렇게 떠나가는 나를 바라보고 있었을 것이다. 내 가족은 그로부터 보름이 더 지난 후에야 겨우 내가 간 곳을

26

알 수 있었다. 나는 그 후 2년 8개월이 지난 1983년 8월 15일 아침, 다시 세상으로 돌아왔다.

또 한 번은 1987년 2월 12일 새벽 5시쯤으로 기억한다. 장인, 장모, 아내, 아이와 함께 사는 집으로 또 그들이 나를 찾아왔다. 겨울 새벽, 철로 된 아파트 현관문을 나직하게 두드리는 소리가 아름다울 리 없었다. 먼저 잠을 깬 것은 아내였다. 곧이어 나도 잠을 깼고 영문을 모르는 장인 장모님도 방문을 열고 나오셨다. 이번에는 또 무슨 일인가, 역시 잘 판단이 서지 않았다. 하던 일이 한두 가지가 아니었기 때문이다. 어떤 일인가에 따라 이 새벽길이 얼마나 먼 길이 될 것인지가 결정될 것이었다. 나는 그들에게 무엇 때문인가 묻는 대신 어디서 왔느냐 물었다. 검찰 수사관들이었다.

나는 일단 마음이 놓였다. 아내도 생각보다 침착했다. 대충 옷을 챙겨 입은 나는 이제 겨우 세 살 된 딸아이가 깨지 않은 것을 다행스럽게 생각하며, 아내보다는 많이 놀라신 장인 장모님께서 들으시라고 짐짓 크고 심상한 말투로 별일 아니라고, 곧 돌아오게 될 거라고 말하고 또 그들을 따라나섰다. 이번에는 그나마 작은 건이어서 며칠 지나지 않아 집으로 돌아올 수 있었다.

그럴 때마다 나는 내 생각만 했다. 고문이 늘 함께하는 취조와 그 와중에도 정신 똑바로 차리고 임해야 하는 긴장 팽팽한 저들과의 수 싸움, 앞으로 내게 펼쳐질 알 수 없는 미래, 알 수 없는 운명, 이런 것들이 늘 먼저였다. 그다음에는 함께 연루된 사람들에 대해서, 또 나와 그들이 없어진 후에 남은 사람들과 그들에 의해 꾸려져야 할 남은 일들을 생각했다. 그런 일들과 무관하게 나의 갑작스런 부재 때문에 힘들어 할 사람들에 대한 생각은 한참 나중이었다. 내가 원래 그런 사람이기도 했고, 또 그렇게 훈련(?)받아왔기 때문이기도 했을 것이다.

그런데 오늘 권여선의 《토우의 집》을 읽으면서 나는 비로소 그 순서를 바꾸어 생각할 수 있게 되었다. 1979년 가을 어느 날 웃으며 등교를 했던 막내아들 혹은 막냇동생이 시위를 주동하고 경찰서 유치장에 갇혀 있다는 사실을 알았을 때 늙으신 부모님과 형들이 느꼈을 황망함에 대하여(이때는 시위 현장에서 사지를 들려 잡혀갔으므로 앞의 두 경우처럼 제 발로 그들에 의해 연행되는 차분한 정경은 아니었다), 1980년 겨울 이번에는 보름이 지나도록 졸업논문을 발표하러 간 학교에서 누군가에 의해 끌려갔다는 것 외에는 무엇 때문에 또 어디로 갔는지도 모르고 발을 동동 굴렀을 가족들의 혼돈과 고통에 대하여, 그리고 1987년 2월 이제는 가장이 된 남편이, 사위가 갑자기 누군가에 의해 끌려간 새벽 남은 아내와 두 어르신이 느꼈을 깊은 불안과 당혹감에 대하여 나는 비로소 생각해볼 수 있게 되었다.

그 갑작스런 분리, 결별, 그리고 깊이 베여 영원히 아물지 않는 칼날 자국 같았을 충격을 새삼 아프게 생각하며 나는 비로소 그런 일들이, 그런 순간들이 얼마나 끔찍한 형벌이었을지, 돌아오거나 돌아오지 못하거나 그 격절의 시간은 얼마나 기나긴 고문이었을지 생각해보게 되었다. 한 유년의 눈에 담겨 있던 삼벌레 마을의 평화로운 시간들이 사실은 한 폭풍과 다음 폭풍 사이에 잠깐 비친 하늘과 햇볕처럼 얼마나 아슬아슬하고 깨지기 쉬운 것이었는지 생각해보게 되었다.

한 시대의 고통은 모두의 것이다. 발가락 하나가 다쳐도 그 작은 고통을 버텨내기 위해 온 몸의 모든 신경과 근육은 보통 때와 다른 긴장과 스트레스를 더 지불해야 한다. 잡혀간 자, 고문당한 자, 십 년, 이십 년을 살고 나온 자, 심지어 죽은 자들은 정말 완벽한 조작 사건을 제외하고는 다들 왜 그렇게 되었는지, 그 고통을 어떻게 견뎌야 하는지 미리 알았고 그만큼 준비가 된 자들이다. 속된 말이 웅변하듯 그것은 어쩌면 문자 그대로 인생에 '별을 다는 일'일지도 모른다. 하지만 남은 사람들은 어떤가? 준비 없이 겪는 고통, 준비 없이 갑자기 달라진 인생, 어떤 설득도 받지 못하고 같은 형벌을 받아야 한다면 어쩌면 그것이 더 가혹하고 더 잔인할지도 모른다.

《토우의 집》을 읽는 일. 흙으로 빚어 하나밖에 남지 않은 표정 뒤에 무엇이 있었는지, 무엇이 있는지 차분히 들여다보는 일, 그 굳어버린 혀가 말하려던 것이 무엇인지 차분히 귀를 기울이는 일, 다친 발가락 때문에 경직되고 일그러진 모든 지체의 역사를 차분히 읽어보는 일.

오십 년이 지났다

겨울비가 온다.

따뜻한 카페에 앉아 창밖을 내다본다. 우산 쓴 이들이 지나간다. 저 골목길, 문득 생각난다. 지금은 어렴풋이 윤곽만으로 남아 있는 어린 날의 골목길들. 초등학교 2학년 어느 날, 밀린 기성회비 때문에 교실 밖으로 내쫓긴 다음 날도 오늘처럼 비가 왔다. 나는 가방을 메고 찢어진 지우산을 낮추 들어 얼굴을 가리고 학교 대신 집과도 학교와도 멀리 떨어져 아는 얼굴 누구와도 만날 수 없을 만한 골목길을 하염없이 걷고 또 걸었다. 아홉 살이었다.

오십 년이 지났다. 지금은 사람들에게 '선생님' 소리를 들으며 따뜻한 밀크 티 한 잔을 앞에 두고 아는 사람이 보내준 우울한 톤의 시집을 읽고 있다. 그 비 오는 골목길에서 사무치게 비참했던 기억, 튀어 오르는 빗방울에 점점 더 젖어가는 해진 운동화 코만을 바라보며 걷던 내 어린 심장에서 차오르

던 버림받았다는 느낌, 그 속에서 자라나던 남은 생에 대한
잿빛에 가까운 묵시를 돌이켜본다.

억울하고 안타까운 것이 많은 삶이었다. 이제는 나 자신보
다 남의 고통 때문에 더 많이 우는 사람이 되었지만, 그것은
아홉 살 그 비 오는 날의 방황에서 비롯된 깊은 자기연민이
가까스로 승화된 것에 지나지 않을 것이다. 기성회비 때문에
쫓겨난 일을 가족 누구에게도 말하지 못하고 조용히 집을 나
선 그 비 오는 어느 날의 상처받은 어린 영혼은 이건 아니다,
이렇게 살 수는 없다고 수없이 되뇌며 오십 년 동안 여전히
비 오는 겨울 골목길을 헤매고 있다.

저기 낯선 남자 하나

혼자 거울을 들여다볼 때는 아직도 청년의 얼굴이 보일 때가 있다. 반면 셀카를 들이대거나 남이 찍어준 사진을 보면 영락없는 50대 중반 중늙은이의 얼굴이거나 그 이상, 차마 보아줄 수가 없다. 이것을 보면 카메라는 철두철미한 기계인 데 반해 거울은 대단히 주관적인 물건이라는 생각이 든다. 거울은 내가 보고 싶은 내 얼굴을, 그때의 내 심상을 알아서 보여준다.

오늘 마침 서재로 비쳐드는 빛이 괜찮아 냉정하기 그지없는 카메라라는 친구하고 잠시 거래를 해봤다. 좀 예쁘게 봐달라고. 뭐라고 할 말이 없다. 아마 근년의 내 얼굴만 봐온 사람들은 그나마 괜찮다 할 것이고, 오래전부터 날 알아온 사람들은 얼굴 많이 상했다 할 것이다.

마흔이 넘어 어떤 얼굴을 갖는가는 순전히 자기 책임이라는 속설이 있다. 과연 그런가? 걱정 없이 잘 살고 좋은 생각만 하고 성내지 않고 잘 웃으며 착하게 살면 당연히 늙어서도 좋은 얼굴을 가질 수 있을 것이다. 하지만 불행히도 나는 그런 인생을 살아오지 못했다. 그게 내 책임이라면 뭔가 억울하다.

내 얼굴을 들여다본다. 내 책임만은 아니지만, 어쨌든 거기에 내가 내 생에서 겪은 상상계와 상징계의 전부가 들어있는 것은 틀림없다. 헛된 욕망으로 꿈틀대던 어느 시절까지는 내 얼굴을 사랑할 수 있었으나 이제는 내 얼굴을, 내 인생의 페르소나를 사랑하지 않게 되었다. '저기 내가 있구나, 저게 나구나!' 하고 어떤 때는 관조하고, 어떤 때는 조금 놀라기도 한다. 아니 낯설어 한다는 게 더 정확한 표현일 것이다.

아프지 않았으면 좀 나았을까? 쓸데없는 분노와 번민에 상처받지 않았으면 좀 나았을까?

저기 낯선 남자 하나가 나를 바라보고 있다.

빚진 자의 혼잣말 — 전태일 단상

자살을 하기에 나는 너무 가진 게 많았다. 아니 가지고 싶은 게 많았다. 그리고 운명의 지침이 딸깍 소리를 내며 "다른 선택이 없다. 지금이 바로 죽을 때다"라고 내게 이르는 말을 불행(다행)히도 듣지 못했다. 그랬다면 아마도 "이 잔을 제게서 치워 주소서. 하지만 꼭 받아야 한다면 달게 받겠습니다" 운운하면서 그 지침에 순종했을지도 모른다. 하지만 그런 일은 없었다. 아니 솔직히 말하면 그 소리를 듣지 않으려고 무던히 애를 썼다. 결정적일 때 아주 조금 몸을 틀어 운명의 화살을 피해왔다고 말해야 한다. 이 말을 과거시제로 쓰는 것은 지금은 너무 늦었(다고 생각하)기 때문이다. 서른 즈음에 기회를 놓치고 나면 자살도 어정쩡해진다. 그때부터는 어떻게 하면 더 이상 부끄럽지 않게 살아남는가가 더 중요해진다. 물론 생의 최종 심급에 이르면 누구의 삶이든 부끄럽게 살아남은 것으로 낙착될 테지만(사실은 여기에도 비겁의 더러운 흔적이

덕지덕지 붙어 있다).

그리하여 스스로 삶의 끈을 놓아버린 모든 사람은 나에게 생애에 걸친 열패감의 대상으로 남는다. 심지어 나는 채 스무 살도 되지 못한 청소년들이 아파트 옥상에 가지런히 벗어놓고 떠난 운동화만 봐도 가슴이 철렁 내려앉는다. 그들에 대한 연민이나 그들을 그렇게 만든 세상에 대한 노여움은 그들에 대한 나의 근원적인 열패감보다 항상 조금 늦게 찾아온다. 하물며 더 크고 무거운 의미를 지닌, 자기희생으로서의 자살을 감행한 사람들에 대해서는 더 무슨 말이 필요하랴. 그런 죽음이 있다. 나와 동시대의, 그리하여 어쩌면 내가 그들 대신 그 자리에 있었을 수도 있었던, 지난 30여 년 동안 나를 괴롭혀온 수많은 그런 죽음이 있었다.

어떤 이들은 열사라 불리었고, 어떤 이들은 그런 호칭조차 얻지 못하고 이제는 기억 저편에 묻혀버렸다. 하지만 나는 그들이 살아온 모든 과거와 살아갈 수 있었던 모든 미래가 한 점으로 압축되어 블랙홀처럼 절대의 비중을 가진 영점으로 화하는 그 순간을 상상하는 것만으로도 숨이 막혀왔다. 살다 보면, 운명의 희롱에 엮이다 보면, 자기도 모르게 죽음 외의 선택은 없는 경우가 있을 것이다. 하지만 자기 때문이 아니라 다른 사람들 때문에, 그리고 죽음 외에 다른 선택이 너무나 많고, 그런다고 해서 아무도 비겁하다거나 무책임하다고 하지 않는데도 뚜벅뚜벅 죽음의 길을 선택한, 그리하여 살아남은 사람들을 영원한 부끄러움의 연옥 속에 가두는 사람들이 있다. 그런 사람들의 죽음을 생각하면 나는 언제나 숨이 막혀온다. 무엇이 그들을 그토록 지독한 결단으로 이끌었을까. 살아야 할 그 수많은 이유를 다 꺾어버리고 그들을 자결로 이끈 그 이유는 무엇이었을까. 생과 사의 경계를 넘기로 결정했을 때 그들은 어떻게 그 엄청난 삶의 원심력을 이겨낼 수 있었을까. 나는 아직도 그 비밀을 모른다.

그런 사람들의 맨 앞줄에 전태일이 있다. 그는 지금으로부터 62년 전, 나보다 꼭 10년 먼저 태어나서 지금으로부터 40년 전 스물세 살의 젊은 목숨을 스스로 포기했다. 그때 나는 그저 새카맣게 탄 얼굴로 매일 공이나 차러 다니던 초등학교 6학년생이었기 때문에 신문에 나온 그의 죽음이 무엇을 뜻하는지 알 수 없었다. 그 죽음의 의미를 알게 된 것은 그 후 한참 세월이 흘러 내 머리가 더 여물고, 이 세상은 이대로 견뎌야 할 것이 아니라 맞서 싸워 바꿔야 할 어떤 것이며, 그 싸움은 때로는 누군가의 더 많은 누군가의 희생을 필요로 한다는 것을, 그리고 그 희생은 나의 몫일 수도 있다는 것을 엄습하는 불안과 두려움 속에서 깨닫게 된 이후였다.

하지만 나는 그 싸움에서 나를 희생하지 못했다. 행동과 도피와 검거와 고문과 투옥은 있었지만, 나는 그때마다 늘 불순한 '여유'가 있었다. 어떤 궁경 속에서도 나의 패는 늘 한두 개쯤은 더 남아 있었으며, 결정적으로 전태일과 같은 생사를 건 궁극적 고독에 이르지 못했다. 그리고 내 마음 한 자락에서 전태일의 그림자가 어른거릴 때마다, 지금은 한두 사람의 영웅적 희생의 시대가 아니라 세력과 세력 간의 본격적 대결 국면이므로, 그런 고독과 몸서리쳐지는 최후의 희생 없이도 이 싸움은 해볼 만한 것이라는 간교한 운산을 마치 주문처럼 되풀이했다. 그러면서 나는 한 살씩 두 살씩 나이를 먹어갔고, 내가 아닌 다른 사람들이 모든 것을 던져 맞바꿨으되 여전히 애처로울 정도로 작은, 승리 아닌 승리의 보잘것없는 전리품들을 착복하는 대열에 슬그머니 끼어들고 있었다.

그 대신에 나는 그 비겁과 간교의 흔적마다 한편으로는 궤변에 다름없는 유사과학의 논리를, 다른 한편으로는 수사학으로 분식된 값싼 감상과 우울을 채워 넣었다. 그리고 나는 누군가 내 정체를 알아채고 나의 죄를 추궁할 때마다 어떤 때는 냉철한 논객의 포즈로, 어떤 때는 비극적 시인의 포즈로 그 위기를 빠져나왔다. 그것은 늘 고통스러운 일이 아닐 수 없었다. 그러나 오랜 시간 그처럼 은폐와 변명이 반복되는 동안, 어느 순간부터 삶은 평온해졌고 이제는 누구도 내 앞에 나타나 네 정체를 밝히라고 추궁하지 않게 되었다. 그들도 지치고 늙었기 때문이리라.

오히려 이제는 내가, 나의 그 궤변의 과학과 우울의 수사학이 그들을 불편하게 하는 지경에 이르렀다. 이제는 내가 내 자신에게 정체를 밝히라고 요구할 때가 된 것이다. 무엇 때문에, 무엇으로부터 여전히 쫓겨 다니는가, 이제는 이 짐을 내려놓아야 하는 것 아닌가, 라는 생각이 드는 순간, 마치 거짓 포즈가 골격이 되고 가면이 맨 얼굴이 되기라도 한 것처럼 나는 내가 지어왔던 표정과 몸짓을 내 자신과 구별해 내기 힘들게 되었다는 것을 깨달았다.

그것은 빚진 자의 표정과 몸짓이었다. 잘못된 세상에 태어난 것은 내 잘못이 아니지만, 잘못된 세상을 그대로 방치하는 것은 내 잘못이다. 왜냐하면 모두가 이 세상을 방치한 것은 아니기 때문이다. 누군가 잘못된 세상을 고치기 위해 자기를 희생했다면 그 순간 다른 사람들은 전부 그에게 빚을 진 것이 된다. 이 사실을 몰랐다면 한 생애가 평화로웠을지도 모른다. 하지만 일단 빚을 졌다는 것을 알고 난 뒤로는 다시는 그 전으로 돌아가지 못한다. 그는 그 순간부터 영원한 채무자의 길을 나서게 된다. 그 빚을 갚지 않으면 해방은 없다. 그리고 그 빚은 자신의 전 실존을 건 것이 아니면 안 된다. 왜냐하면 누군가 이미 자기의 전 실존을 걸었기 때문이다.

전태일은 바로 나에게 이런 부채감과 열패감과 부끄러움의 낙인을 찍은 존재이다. 그리고 내 생애에 걸친 거대한 숙제이다. 무엇이 전태일을 영원한 채권자로 만들었고 나를 영원한 채무자로 만들었을까. 인간의 위대함과 비루함을 가르는 기준은 무엇일까. 영웅의 길과 타락한 주인공의 길은 생의 어디쯤에서 갈라지는 것일까.

취직했습니다

새 직업이 생겼네요.

다들 선망해 마지않는 교수라는 직업입니다.

올 9월 첫 채용공고가 나와서

3개월 남짓 동안 이런저런 번거로운 절차를 넘어서

오늘 오전 학교 교원인사팀에서 전화가 왔고,

이메일로도 통보를 받았습니다.

그동안 마음고생이라고까지 하기엔 좀 그렇지만

대략 마음이 허정거렸던 것은 사실입니다.

그렇지 않아도 건강을 핑계로 게을렀는데

그 게으름에 날개를 달았었지요.

일이 손에 잘 안 잡힌다는 핑계를 더해서 말입니다.

기분이 나쁘지는 않습니다.

14년 전 출판사 편집장 자리를 그만 둔 이후

다시 생긴 제대로 된 직장이니까요.

보수도 그럭저럭 하층 중산층 수준은 되고

게다가 예순다섯 살이 될 때까지 별다른 문제가 없다면

실직 위험도 없는 소문난 철밥통이 아닙니까.

지금은 채 짐작할 수 없지만 이런저런

보수 외의 이점도 많이 있을 겁니다.

예닐곱 평가량의 개인 연구실이 생긴다는 것도

책 더미에 질려 있는 나로서는 반가운 일이고

제자들이 생긴다는 것도 기분 좋은 일이지요.

공부도 지금보다는 더 잘 될 것 같은 기분이 듭니다.

하지만 날아갈 듯, 뛸 듯한 기분만은 아닙니다.

안정된 중산층적 사회적 지위를 갖게 되었다는 것.

(물론 지금까지도 제깐에는 잘 먹고 잘 쓰고 남부럽지 않게 살아
오기는 했지만)

그게 이제 마치 루비콘 강을 건너듯 내 생이

돌이킬 수 없는 곳으로 건너가는 것을 의미하는 것은 아닌
지 모르겠네요.

그렇다고 그동안 똑바로 잘 살아 온 것도 아니지만

아무튼 평론가로, 비정규직 강사노동자로, 계간지 비상근

주간으로,

건달 아닌 건달로 잘 살아왔고

그러한 불안정한 신분 자체에서 덕을 본 것이 많았거든요.

이 주변성이야말로 나의 숨은 재산이었을 겁니다.

세상을 삐딱하게 보고, 자유롭게 비판하고,

거리를 두고 싶을 때 마음대로 거리를 둘 수 있게 만드는 힘이

거기서 나올 수 있었을 겁니다.

이제 삼손의 머리카락이 바야흐로

잘려 나가는 것은 아닌지 조금 두렵습니다.

허긴 교수 자리를 가지고도 열심히 똑바로 사는 친구들이 또한 적지 않아

위안이 되기도 합니다만……

사실은

이번 교수공채에 응모해 놓고서

나름대로 안전판은 만들어 두었습니다.

번거롭기도 하고 때로는 모욕적이기까지 한 공채 절차에 최선을 다하면서도

설혹 이번에 떨어지더라도 손해 볼 것은 없다고 생각했던

것이지요.

다른 게 아니라 내심 이번 응모를 내 생의 한 분기점으로 삼고자 했었거든요.

되면 교수가 되는 거고, 안 되면 모든 공적인 세계에서 철수하겠노라고 말입니다.

대학 강사 노릇도 그만 두고,

잡지 주간 노릇도 그만 두고, 학술단체 회원 자리도 그만 두고

완전히 내 사적인 존재 영역으로,

오로지 가족들의 곁으로 귀환하겠노라고

그렇게 마음먹었습니다.

일체의 공적 부담 없이

집안 하나 건사하면서

내키는 대로 하고 내키지 않으면 안 하고

읽고 싶은 글 읽고 쓰고 싶은 글 쓰고

그래서 논문이 되면 논문을, 평론이 되면 평론을

소설이 되면 소설을, 잡문이 되면 잡문을

되는 대로 쓰면서

그렇게 살아가려고 했습니다.

괜찮은 생각이었지요?

근 30년을 끌어온 이 무거운 짐으로부터

멋지게 벗어나는 절호의 기회가 될 수도 있었지요.

밖으로 조금 쓸쓸해 보여도 안으로는 황홀한 생이 펼쳐질

뻔했습니다.

하지만 이제 그 길은 한 20년 뒤로 미루어졌습니다.

다시 또 어제의 짐을 걸머지고 살아가야 할 모양입니다.

저 취직했습니다.

저 교수됐습니다.

나의 영원한 배후, 이원주 형의 영전에

원주 형, 이게 웬일입니까. 형의 이름을 이렇게 '추도'의 형식으로 부르게 되다니요.

두 달여 전 형이 암과 투병 중이라는 소식을 들었을 때 저도 건강이 안 좋아 출입이 여의치 않기도 했지만, 아무 근거도 없는 낙관으로 곧 나아서 일어나겠거니 생각하고 문병도 못했습니다. 그 벌로 이렇게 뼈아픈 부음을 듣고, 이렇게 원통한 추도를 하게 되는군요.

형, 원주 형, 미안합니다. 형의 부음이 이렇게 아플 줄은 정말 몰랐습니다. 저는 우리의 인연이 그저 머나먼 36년 전, 1980년 겨울의 그 '무림사건'에서 끝난 것인 줄 알았습니다. 각자 수형생활을 끝내고 나와 1년에 한 번 혹은 몇 년에 한 번씩 만나기도 하고, 못 만나고 흘러가기도 하며 그렇게 서로 살아가는 이야기나 들으면서 보낸 세월은 그저 후일담, 돌아서면 공연히 쓸쓸해지는 그런 나날에 불과하다고 생각했습니다.

세상을 뒤집어 흔들어보겠다고 나섰던 그 젊은 날들은 이제 시나브로 다 가버리고, 우리는 그저 각자 자기 몫의 생을 감당하느라 허덕이며 살아가는 것에 불과하다고 생각했습니다. 어쩌면 저는 우리가 바라던 세상이 갈수록 점점 더 멀어져 가는데도 그렇게 옛이야기나 하며 살아가는 것이 못마땅했고, 그래서 옛 벗들이 다 미워졌기 때문에 그렇게 생각했는지도 모릅니다.

그런데 오늘 형의 부음을 접하는 순간, 저는 갑자기 터져 나오는 울음을 감당할 수가 없었습니다. 도대체 제 속 어디에 이토록 뜨거운 울음이 숨어 있던 걸까요. 그 울음은 눈물샘에서 오는 것도 아니고, 가슴속에서 오는 것도 아니었습니다. 알고 보니 그 울음은 제 뼛골 속에서 오는 것이었습니다. 그 36년 전의 사무치던 기억은 그동안 잊혀 없어지고 흔적만 남은 것이 아니라 깊은 뼛골 속에 온전히 살아남아 있었습니다. 저의 삶이란 그저 그것을 아슬아슬하게 봉인한 얇은 껍데기 한 장에 불과했던 것입니다.

형, 원주 형, 어떻게 그날들을 잊을 수 있겠습니까. 남영동 대공분실 취조실에서 이제는 더 이상 지킬 여력이 없어 마침내 형의 이름을 밝히고 이 사람이 바로 나의 배후라고 털어놓았을 때, 조사관이 그러더군요. "그래? 이원주가 그렇게 대단한 인물이야?" 저는 속으로 대답했습니다. '그래 이원주는 그렇게 대단한 인물이다. 나의 선배, 나의 배후, 내 삶을 여기 까지 이끌고 온 사상과 실천의 안내자가 이원주다!' 라고. 가 장 치욕스럽게 그 이름을 내다 파는 순간인데도 그 순간 저 는 그 이름을 자랑스러워하지 않을 수 없었습니다.

1978년부터 1980년까지, 유신 말기에서 10·26을 거쳐 5·18 광주민중항쟁과 그 직후의 뜨거웠던 시대에 나중에는 '무림' 이라는 이름으로, 하지만 당대에는 그저 '언더'라는 이름으로 부르곤 했던 비합법 학생운동 조직 속에서 늘 함께했던 형은 저에겐 거의 절대 권위를 갖던 존재였습니다. 작은 키, 조그 만 체구지만 무엇이든 아랑곳없다는 듯 날카롭고 자신만만한 눈매를 지녔던, 어떤 난제 앞에서 한 번도 당황한 모습을 보 이지 않았던, 당시에는 마치 강철로 깎아 만든 사람으로 보였 던 그 사람이 이원주 형이었습니다.

모든 결정이 옳지도 않았을 것이며 성공보다는 실패가 더 많았을, 그리고 역사적으로는 여전히 분분한 포폄의 대상이 되고 있는 당시의 우리 사고와 행동이지만 저는 원주 형과 함 께하던 그 시절이 내 평생 최고의 훈장과도 같았습니다. 설사 그 시절이 사실은 이룰 수 없는 헛된 꿈에 사로잡혀 모든 걸 희생했던 상처뿐인 시절이었다는 판정을 받는다 할지라도,

저는 그 시절 우리의 유한한 몸과 마음에 인류의 전 역사가 함께 숨 쉬고 있음을 느낄 수 있었습니다. 그리고 그때의 그 허황한 꿈의 크기 때문에 지금까지도 그 어떤 성취나 진보에도 쉽사리 만족하거나 정체하지 않고 늘 더 큰 자유와 해방을 원하는 사람이 될 수 있었습니다. 내 정신의 살과 뼈는 그때 다 만들어졌습니다.

원주 형, 제가 남영동에서 형의 이름을 발설한 순간 이미 알고 있었지만, 그때 형은 군복무 중이던 몸으로 기무사에 끌려갔고 징역 중에서도 가장 가혹하다는 군징역을 살아야 했지요. 미안합니다, 형. 나약한 저 때문에 너무나 많은 사람들이 고통을 받아 형에게까지 미안하다 할 겨를이 없었지만, 어찌 미안함이 없었겠습니까. 하지만 생전에 결국 그 한 마디를 못하고 말았군요. 미안합니다.

복역을 마치고 세상에 나오니 형은 의외로 중학교 국어 교사가 되어 아이들을 가르치고 있다 했습니다. 하지만 얼마 안 가서 형이 인천에서 노동운동가로서의 삶을 시작했고 인천민주노동자연맹(인민노련)과 인천기독교민중교육연구소 등에서 활동하다가 나중에는 민중당을 통한 노동자 정치운동에 깊이 관여하고 있다는 소식을 더러 들었습니다. 그러다가 몇 년 전이던가요, 가장 최근 만남에서 형은 주택관리사 자격증을 따서 작은 아파트 관리소장으로 일하고 있다고 말했습니다. 가슴이 철렁했습니다. 그리고 그다음 들은 소식이 지난 9월의 투병 소식이었고, 다시 그다음 소식이 오늘의 부음이었습니다.

형과 제가 처음 만났을 때 우리는 박정희의 유신체제와 사생결단으로 싸우던 중이었습니다. 그리고 거의 40년이 흐른 지금, 우리는 그의 딸자식과 참으로 기가 막히는 싸움을 다시 벌이고 있습니다. 이게 무슨 꼴인가 싶기도 하지만, 차라리 잘 되었다 싶기도 합니다. 세상이 어설프게 변해서 이러지도 저러지도 못하던 10년 전을 생각하면 지금이 차라리 낫습니다. 이제는 처음부터 다시 시작하자고, 세상의 판을 다시 짜자고 하면 솔깃할 사람이 적지 않을 것 같습니다. 다시 시작할 수 있다면, 그때의 꿈을 다시 꿀 수 있다면, 그때의 잘못을 되풀이하지 않고 그때의 좋은 기억만 살려낼 수 있다면, 그리하여 비록 내일모레 환갑이라 할지라도 아파트 관리소장과 대학교수가 만나 진짜 혁명을 다시 도모할 수만 있다면 얼마나 행복하겠습니까.

그런데 형은 이제 없군요. 미안하다 말할 시간도 주지 않고, 그 오랜 시간 묵은 상처를 다시 헤집어 한번 시원하게 붙들고 울 시간도 주지 않고 그렇게 표표히 사라져 가는군요. 그 시절 우리가 꾸었던 대담무쌍한 그 꿈의 봉인을 해제하고 다시

50

이야기할 나의 영원한 배후, 이원주 형이 더 이상 이 세상 사람이 아니라는 사실이 믿기지를 않습니다.

회자정리 같은 말 따위 막상 닥치니 어떤 위로도 되지 않지만, 그래도 그것이 세상의 이치이므로 받아들이기로 합니다. 생각하면 이 세상에 속절없이 오고간 것 같은 사람들 사이의 질긴 인연이 새로운 세상을 만들어 온 것이겠지요. 형이 미처 못 하고 가는 말, 못 하고 가는 일, 어떻게든 이어서 말하고 이어서 행하겠습니다.

아니 제가 혼자 할 일이 아니지요, 아마도 주말마다 광화문에 모이는 저 백만의 사람들이 할 것입니다. 그 백만의 눈길이 바라보는 곳, 그 백만의 발길이 향하는 곳에 형이 먼저 가 있으리라 믿습니다. 그들과 함께, 그들이 꾸는 새로운 꿈에 우리의 옛 꿈을 슬며시 얹어 함께 가다보면 어느 구비에서 형의 그 꾸밈없는 파안대소를 만나겠지요.

형, 그때까지 부디 평안하소서.

2016년 11월 23일

명령이 부족한 밤

책을 읽다가 생각해보니 내가 책이나 사물, 혹은 사건에 대한 호기심에 비해 개별 사람에 대한 호기심이 참 적다는 생각이 문득 든다. 인간계에 너무 오래 살아서 그런 건지 모르겠지만 사람이 궁금했던 기억이 언제인지 모르겠다. 새로운 사람을 만나면 얼마 지나지 않아 그 사람의 유형과 패턴이 드러나거나 예견되고, 그 이후 모습은 늘 그 예견을 벗어나지 못한다.

굳이 구분하자면 아직도 여자사람에 대한 호기심이나 궁금함은 좀 남아 있음에 틀림없지만, 그것도 얼마 지나지 않아 시들해지는 경우가 보통이다. 곧 끝이나 밑바닥이 훤히 내다보이는 것이다. 그리고 그것이 그리 안타깝게 느껴지지도 않는다. 어쩌면 이것도, 아니 이것이야말로 세상에 대한 내 환멸의 가장 확실한 징표인지 모르겠다.

삶이 너무 어수선하고 머릿속이 너무 번쇄하다.

하고 있는 일과 해야 할 일 사이, 해야 할 일과 하고 싶은 일 사이에, 그리고 하고 있는 생각과 해야 할 생각 사이, 해야 할 생각과 하고 싶은 생각 사이에 단절이 깊은 까닭이다. 그 모든 것이 제각각이다.

몸이 아플 때는 이 모든 일 사이에 위계가 있었다. 할 수 없는 일, 해서는 안 될 생각이 있었고, 또 할 수 있는 일과 생각에도 어쩔 수 없는 순서가 매겨져 있었기 때문이다.

몸이 말을 들으니까 이제는 삶이 갈피를 못 잡는다.

옛날처럼 그저 혁명 기계처럼 살고 생각할 때가 좋았다.

명령이 지나치게 부족한 밤이다.

이럴 때는 해가 져도 부엉이 한 마리 날지 못한다.

지지한 노래 한 소절 부를 수 없다.

서시 한 줄 쓸 수가 없다.

무모한 희망

"가장 위대한 철학자가 되고 모든 지식들을 서로 연결 짓고, 이전의 다른 사상가들과는 달리 노동자들이 이해할 수 있는 그 당시의 언어로 현존하는 질서에 대한 비평을 내는 것."

새 학기 대학원 수업 준비의 일환으로 가장 최근에 나온 칼 마르크스의 전기인 자크 아탈리의 《마르크스 평전》(2006)을 읽던 중 눈에 들어오는 구절. 1843년 예니와 결혼하던 스물다섯 살의 마르크스가 원했던 삶을 아탈리는 이렇게 기술했다.

이제 이런 무모한 꿈을 꾸는 인간은 더 이상 나올 수 없을 것이다. 다 연결하기에는 세상의 지식이 너무나 엄청나게 많아졌고, 당대 노동자의 언어 역시 해방의 언어가 되기에는 수상쩍은 점이 너무 많아져 버렸다. 말은 곧 삶이므로.

그럼에도 불구하고 비슷한 나이에 마르크스가 그랬듯 세상을 '돈짝만하게' 봤던 나에게는 이 희망의 그 '무모함'이 새삼 가슴 저리게 엄습해온다. 나 역시 차마 말할 수는 없지만 비

숫하게 무모한 희망을 품지 않았던가.

마르크스는 아마도 그 무모한 희망을 기어이 실행해낸 최후의 인간일 것인데, 나는 그 많은 날을 보낸 지금 도대체 어떤 인간이 되어 있는 것일까. 언감생심과 언어도단으로 이루어진 쓴웃음이 흐르는 밤이다.

억압적 희망, 습관적 절망

새해에는 이렇게 살겠다는 말을 오랫동안 하지 않고 살았다. 올해도 마찬가지다.

오래 살다 보니 이렇게 살겠다는 다짐치고 허망하지 않은 게 없다.

마음속으로 헤아려보면 모두 다 언젠가 했던 말이다.

50년 넘게 새해마다 했던 다짐의 말만으로도 내 마음 속은 일대 소용돌이다.

오히려 그 소용돌이를 어떻게 잠재울까 그게 더 일이다.

작년의 마지막 날과 올해의 첫날 연달아 지독한 악몽과 함께 시작했다.

제발 잠들어라, 내 마음 속의 온갖 욕망과 상처들아.

이제는 억압이 되어버린 오랜 희망들아.

이제는 습관이 되어버린 오랜 절망들아.

사실 나는 그대들 없이도 살 수 없게 되는 날이 오기를 또한 오래도록 기다려왔을 뿐이다.

하나하나 다가온다

지난 3주 간 틈틈이 집 뒤 북한산 둘레길을 두 시간 남짓씩 걸었다. 그동안 괴로운 몸을 잊고자 고행하듯 걷느라고, 걷는 동안 다가오는 멀고 가까운 사물이며 풍경들에 눈을 주는 것조차 힘겨워 그저 내 발걸음 수만 백 걸음 단위로 셌다 지웠다 하며 걸었다.

오늘은 좀 달랐다. 무의미한 계수의 연쇄로써가 아니라 모처럼 햇볕과 바람과 나무와 풀과 흙, 그리고 다가왔다 멀어져가는 풍경과 사물들과 더불어 걸을 수 있었다. 몸이 좀 나아진 덕이다. 이제까지는 몸이 먼저 나가고 괴로움이 그 뒤를 따르고 생각은 처음부터 출발도 못한 형국이었다면, 오늘은 생각이 먼저 나가고 몸이 그 뒤를 따르고 괴로움은 가장 뒤처져 따라오는 형국이었다.

하지만 모처럼 몸에서 놓여난 생각이란 것은 결국 다시 괴로움과 이어지고 만다. 아마도 아침 신문에서 등교를 시작한

58

살아남은 아이들 사진을 본 탓이리라. 망초꽃 무더기를 바라보자니 갑자기 눈물이 났다. 등교 중인 아이들, 그 아이들을 끌어안고 우는 엄마들, 선생들……. 그들이 연출하던 어제의 단원고 교문 앞 풍경이 어쩌면 저 흔들리는 망초꽃 무더기들과 그리 닮았는지……. 그리고 그 위에 모든 억울하게 사라진 얼굴들을 부여잡고 우는 피붙이들의 모습이 연속해서 오버랩된다. 전태일의 영정을 붙잡고 우는 이소선 어머니, 학살당한 아버지의 영정을 들고 울음도 채 울지 못하던 광주의 아이, 박종철의 아버지, 이한열의 어머니, 용산 남일당의 분사자 가족들……. 하나하나 다가온다.

몸이 조금 나아지자 다시 마음이 아파온다.

궁극의 희생

몸이 며칠째 거의 임계점 부근에서 춤을 춘다. 아침에는 오후 상태를 예측하기 힘들고 오후에는 밤에 올 변화 때문에 두렵다. 특히 출근을 위해 집을 나설 무렵이 특히 힘겹다. 일의 부담에 대한 예상만으로도 몸이 지레 비명을 지르는 느낌이다. 앞으로도 족히 스무날은 이렇게 과부하를 견디며 지내야 한다.

그러고 보니 오늘이 도청이 진압당한 날이다. 서른세 해 전이다. 왜인지는 모르나 몸이 아프면 늘 그날이 떠오른다. 그리고 김영현의 〈멀고 먼 해후〉가 생각난다. "적을 죽일 수 없으면 나를 죽여야 한다"는 그 무지막지한 명령이 생각난다. 노동운동가 친구들이 암에 걸린 친구에게 어차피 죽을 텐데 분신자살을 하라고 권유하는 이야기, 그래도 살고 싶다고 버티는 친구와 그 앞에서 그럼 내가 먼저 죽겠다고 음독을 하는 친구들의 무섭도록 피비린내 나는 이야기. 윤상원은 얼마나 살고 싶었을까. 몸이 아프면 건강했던 젊은 날의 싱싱한 내 몸이 생각난다. 그리고 도청의 마지막 새벽과 김영현의 지독한 소설이 떠오른다. 내가 잃어버렸던 어떤 기회들이 생각난다.

윤상원은 얼마나 살고 싶었을까. 궁극의 희생이란 아마도 가장 싱싱한 몸을, 가장 살고 싶어 하는 마음에서 잔인하게 떼어내 바치는 것이리라.

이 불편함에서 다시 시작하지 않으면

오늘의 적으로 내일의 적을 쫓으면 되고
내일의 적으로 오늘의 적을 쫓을 수도 있다
그래서 우리들은 태평으로 지낸다
— 김수영, 〈적 1〉 중에서

참 욕 많이 하고 살았다. 박정희가 죽으니 전두환이 왔고 전두환이 물러나니 노태우가 왔다. 노태우가 가고 김영삼이 왔고 김영삼이 가니 김대중이 왔다. 내 욕을 안 먹은 자가 없다. 김대중이 가고 노무현이 왔어도 나는 욕을 멈추지 않았다. 그러니 이명박은 오죽했겠으며 박정희 딸 박근혜는 말할 것도 없지 않았겠는가. 물론 나의 오랜 주적은 대한민국, 혹은 대한민국의 역사 자체이지만 그 대한민국/사를 대표해서 역대 대통령이란 대통령은 전부 내 욕을 먹었다.

나는 꽤 점잖은 사람인데 집에서 신문이나 텔레비전을 볼 때는 욕을 한다. 때로는 마누라까지 합세해서 서로 경쟁적으로 욕을 한다. 박근혜는 우리 부부에게서 대통령 칭호를 얻지 못함은 물론 결코 제 이름으로 불리는 적이 없다. 늘 쌍욕으로만 불린다. 우리 부부도 어떨 땐 그렇게 욕 잘하는 우리 자신에게 놀라곤 한다.

이번 세월호 참사를 두고도 욕을 많이 했다. 마음의 울화를 그렇게라도 터뜨리지 않으면 병이 될 것 같아서였다. 하지만 그렇게 욕을 해도 울화는 가라앉지 않는다. 욕을 하면 할수록 오히려 심화는 더 뜨겁게 달구어진다. 급기야 몸도 따라 다친다. 아무리 적을 만들어도 아무리 욕을 많이 해도 태평해지지 않는다. 마음이 편해지지 않는다. 정말 몸까지 너무 아프다.

이 불편함, 그것은 이 양식화된 참사에 나 자신도 연루되어 있는 건 아닌가 하는 생각에서 오는 것일 게다. 민주화운동을 했건 안 했건 우리는 다 비슷하게 살아온 건 아닌가 하는 생각, 그렇게 건성건성 대충대충 살아왔다는 생각, 그런 점에서는 모두가 다 아랫도리 벗고 얼굴은 불콰해서 제일 먼저 구조선에 오른 선장, 혹은 유족 앞에서 라면이나 후루룩거린 장관이나 진배없다는 생각에서 이 불편함은 온다. 우리의 일상 전부가 이런 식의 닐리리 맘보가 아니었겠는가 하는 생각에서 온다. 그리고 그게 모여서 이토록 조직적이고 딱딱 귀가

맞아떨어지는 희대의 집단학살에 이른 것이 아니겠는가 하는
생각에서 온다. 달라도 아주 조금밖에 다르지 않을 것이라는
생각에서 온다.

 내일의 적으로 오늘의 적을 쫓아내는 이 태평한 짓거리를
멈추고
 이 불편함에서 다시 시작하지 않으면
 이 불편함에서 영영 벗어나지 못할 거란 생각이 든다.

관념적 래디컬리즘에 대한 변명

"지식인은 항상 구체적 사실과 마주치게 된다. 그리고 그 사실에 대해서 그는 항상 구체적 해답을 가져야 한다." 사르트르가 《지식인을 위한 변명》에서 한 말이다. 내가 일상 속에서 지식인으로서 맞닥뜨리는 모든 일은 예외 없이 '구체적 보편'으로서의 하나의 '사건'이다. 나는 과연 이 구체적 보편들의 연쇄 앞에서 구체적 해답(혹은 대답)을 해나가고 있는가.

홈페이지, 블로그를 유지하고 이런저런 인터넷 동호회나 카페, 소셜네트워크에 가입하고 잡지를 만들고 종종 언론매체에 칼럼도 기고하고, 무엇보다 젊은 학생들에게 강의까지 하는 나로서는 늘 해석하고 설명해야 할 문제들에 부딪친다. 거대한 철학적 난제에서부터 연애하는 남녀 사이의 미세한 관계의 떨림에 이르기까지, 정치적 결정에서부터 점심 식단 선택에 이르기까지 삶에는 온통 잘 묻고 잘 대답해야 할 일들로 가득 차 있다. 그리고 그것들을 그저 혼자서 묻고 대답하는 것에 그치는 게 아니라 말과 글의 형태로 다른 사람들에게 전달해야 하기 때문에, 왜 특정한 물음과 특정한 대답 사이에 필연적 연관이 존재하는지 올바로 설명하지 않으면 안 된다.

이렇게 말해도 좋고 저렇게 말해도 좋은 필부의 처지라면 걱정이 없겠다. 하지만 지식인이라는 멍에를 평생 지고 다닐 수밖에 없는 처지에서는 때로는 말 한마디, 글 한 줄을 두고 그야말로 살 떨리는 고민을 하는 경우도 적지 않다. 우선 내가 작은 파편들로 맞닥뜨리는 수많은 세계들이 사실은 다 서로 연관되어 있는 '구체적 보편'들로서 만일 내가 그 하나에 대해 잘못된 대답을 내놓으면, 그와 연관되어 있는 세계는 동시에 전부 일그러지고 그 전체적 해석은 미궁에 빠지기 때문이다. 더불어 그 하나의 잘못된 대답은 지식인으로서 내가 응당 지녀야 할 세계 해석의 일관성에 균열을 일으키기 때문이다. 만일 특정한 문제에 대해 기존의 일관된 해석체계와 어긋난 대답이 나올 수밖에 없다면, 나는 이제 그 해석체계 어딘가에 존재하는 모순을 찾아 나서지 않으면 안 된다. 그것은 고통스러운 일이다.

이러한 결벽증에 가까운 지적 순수성에 대한 집착은 나를 래디컬리스트로 만든다. 예컨대 나는 군대나 학교에서의 폭력에 반대한다. 그러나 학교나 군대는 기본적으로 물리적이거나 정신적인 폭력을 전제로 만들어진 기관이기 때문에 폭력을 없앨 수 없다. 그 경우 어떻게 할 것인가. 궁극적인, 즉 래디컬한 해결책은 군대와 학교를 철폐하는 것이다. 나 역시 군대와 학교를 철폐해야 한다고 생각한다. 물론 현실은 그와 너무 동떨어져 있다. 그 경우 군대와 학교를 철폐해야 한다는 원칙과 군대와 학교 없이는 존립할 수 없는 현실 세계 사이의 간격을 좁히는, 아니 현실로부터 원칙으로 이행하는 사유와 실천이 시작된다. 그것은 현존 세계에 대해 전면적이며 공격적인 것이 되지 않을 수 없다.

나는 행동형 인간은 아니다. 부당한 철거에 반대하면 철거 현장에 뛰어가야 하고, 부당한 해고에 반대하면 파업현장에 뛰어가야 하며, 4대강 사업에 반대하면 지금쯤 환경활동가들과 더불어 한강이나 낙동강 보 위에 올라가 있어야 하지만, 나는 그러지 못한다. 그러지 못하는 이유가 수백 가지는 된다. 어쨌든 그러지 못하기 때문에 내 말과 글로 그 행동을 대신할 수밖에 없다. 그러므로 내 말과 글은 그리고 그 속에 들어 있는 구체적 문제에 대한 구체적 대답은 늘 과격하고 래디컬해진다. 좌고우면할 겨를이 없다. 내 말과 글은 곧 내게 가능한 최고의 행동이기 때문이다.

나는 좌파다?

  나는 늘 무엇인가를 하고 있다는 점에서는 부지런한 사람
이지만, 지적으로는 대단히 게으른 편에 속한다. 무엇보다 책
을 잘 안 읽는다는 점에서 그렇다. 책을 읽고 그로부터 파생
된 주제들을 궁구하는 일이 이른바 지식인에게는 기본적인
일상 임무임에도 나는 그 임무에 관한 한 늘 태만하다. 언제
부턴가 내게 책은 신문이나 인터넷 등의 매스미디어, 다른 사
람들의 논문 혹은 칼럼 등과 다를 바 없는 그저 이러저러한
정보 자료 가운데 하나가 되어버렸다.
  누군가의 책을 처음부터 끝까지 읽는다는 게 점점 더 심드
렁해진다. 대강 훑어보고 "응, 이런 얘기를 하고 싶다는 거로
군" 하면 끝이다. 한마디로 책을 주요한 지적 자극의 원천으로
삼지 않는 것이다. 아마도 지내온 세월 탓일지도 모르고 나이
탓인지도 모른다. 책을 읽고 어떤 새로운 지적 충격을 받거나
기존의 생각을 바꿔나가는 일은 이제 단지 젊은 날의 일일

뿐이라는 생각이 어느새 들어앉아 버린 것인지도 모른다. 하늘 아래 새로울 것이 무엇이 있겠는가? 또 이 사상의 장기 정체기에 뭐 뾰족한 생각이 나올 건더기가 있겠는가? 하나의 사상에 평생을 바치지도 못했으면서 또 어떤 생각들을 기웃거리려고 하는 것인가? 뭐 좀 새롭다는 사상가들과 그의 책들이 나왔다고 호들갑을 떨 때마다 나는 이런 회의주의가 먼저 앞서서 늘 심드렁해지는 것이다.

푸코나 들뢰즈조차 혁명을 더 이상 낳지 못하는 20세기 유럽적 피로의 자식들 신세를 면치 못하는 바에야 지젝? 바디우? 랑시에르? 박사논문을 쓰는 인문사회계 대학원생들에게는 좀 그럴듯하게 보인다 해도 내게는 시작부터 그들의 '입'보다는 '똥구멍'이 먼저 보이기 일쑤이다. 나름대로 진지한 인간들의 이러저러한 지적 산물에 대해서 이럴진대 그 외의 온갖 잡동사니 같은 책들에 대해서야 더 말할 것이 없다. 버릇처럼 책을 사놓고도 의자에 비스듬히 앉아 뒤적뒤적하다가 "음, 그렇다 이거지" 하고 이내 덮어버린다.

물론 이것은 결코 좋은 태도가 아니다. 그리고 진지함을 가장 중요한 덕목으로 알고 살아온 내게 익숙한 태도도 아니다. 그런데 어느덧 나는 이런 게으른 인간, 책을 안 읽는 지식인이 되어 가고 있는 것이다. 이로 인해 생기는 가장 큰 문제는 나 혼자서는 온갖 생각의 만리장성을 쌓았다가 부수고 또 쌓고 하지만, 동시대의 다른 사람들과 원만한 지적 소통을 잘할 수 없게 된다는 것이다. 책을 읽지 않고 생각만 하는 동안 일종의 근본주의라고 할까? 늘 원론적 환원만 이루어지고, 거기 도달하는 온갖 사유들의 디테일과 재료들에 관한 무지가 쌓인다.

그것이 부끄럽다기보다는 그런 것에 절박하게 매달리는 다른 동시대인들과 수작을 나눌 징검다리가 별로 없어지게 된다. 그리고 나 자신을 위해서도 비록 '흠, 그런 얘기란 말이지?'라고 할지라도 남의 생각을 좀 더 경청하고 그에 대한 내 생각을 메모하고 정리해두는 것 정도는 해나가는 게 좋을 것이다. 안 그러면 나도 어느 순간 '도사'나 '선사'가 되어버리고 말 것이다.

고종석의 소설 《독고준》을 읽었다.

고종석은 내 친구뻘이다. 왜 '친구'가 아니고 '친구뻘'이냐면, 친구라 하기에는 너무 교류가 없고 친구가 아니라고 하기에는 기왕의 유대가 아깝기 때문이다. 만일 내가 술을 좀 더 잘 마실 수 있는 몸과 마음의 조건이었더라면 그와 어쩌면 친구가 되었을 것이다. 그러나 그는 술을 너무 즐겨 많이 마셨고, 나는 그럴 형편이 못 되어 서로 뭉치기가 쉽지 않았다.

나는 그처럼 술 마시고 흐느적거리는 스타일을 좀 버거워하는 편이다. 하지만 그와 나 사이에 어떤 정신적 유대가 있는 것은 분명하다. 기질은 다르지만 그와 나는 동시대의 정치 지형이나 문화 지형에서의 이른바 스텐스를 서로 공감하는 편이고, 또 얼마간 서로의 글을 좋아한다. 그리고 약간의 오해라고 생각하지만, 그는 나를 자기와 같은 골수 리버럴, 혹은 좋게(나쁘게?) 말해서 회색인으로 간주해서 친화감을 느끼는 모양이다(이건 《독고준》에도 나온다). 비슷하겠지만 나는 그의 아웃사이더적 기질에서 친화감을 느낀다.

그럼에도 불구하고 나는 고종석의 소설을 읽은 적이 없다. 나는 그를 훌륭한 에세이스트로 인정하지만, 아니 그렇기 때문에 그가 소설을 쓰는 것이 탐탁지 않았다. 흔히 시인-소설가 겸업작가들의 어느 한쪽이 실망스럽듯이 나는 에세이스트-소설가 고종석의 경우 당연히 소설 쪽이 처질 것이라는 선입견을 가졌고, '역시나'가 될까봐 일부러 그의 소설을 읽지 않았다. 그러면 《독고준》은 왜 읽었나. 그건 누군가가 그 소설에 잠깐 내 얘기가 나온다고 해서이다. 또 하나는 안식년을 맞아 닥치는 대로 읽어도 될 만한 시간을 벌었다고 생각해서이다. 닥치는 대로 읽기에 가장 좋은 것이 소설 아닌가.

각설하고, 《독고준》은 최인훈의 소설 《회색인》과 《서유기》

의 주인공 독고준이 자살로 생을 마감하기까지의 허구적 후일담이다. 소설은 독고준이라는 소설가가 공교롭게도 2009년 5월 노무현과 같은 날에 자살을 한 뒤, 비평가이자 셰익스피어 전공자인 그의 딸 독고원이 아버지가 남긴 일기장을 읽으며 그에 대한 자기의 감상을 적어나가는 것이 주된 내용이다.

당연히 이 소설은 주요한 네 명의 인물 이야기이다. 최인훈 소설의 주인공 독고준, 독고준이란 인물 속에 투사된 작가 최인훈, 독고준(혹은 최인훈)을 관찰하고 평가하는 비평가 독고원, 그리고 그 독고원이라는 초점화자의 조종자이자 사실상 허구인 독고준 일기의 실제 저자로서 최인훈/독고준을 참칭하고 있는 고종석, 이렇게 네 명이다. 그리고 그 네 명은 사실은 고종석의 허구적 분신들이다. 고종석은 독고준이라는 인물을 만들어 자신의 생각을 투사하고, 그럼으로써 최인훈이라는 대작가를 자기 식으로 전유한 다음, 다시 독고원의 이름을 빌어 그 최인훈/독고준/고종석의 트리플갱어(?)를 비평한다.

예상한 대로 소설이 그럴듯하고 흥미진진한 서사물이라고 할 때 《독고준》은 소설로서는 후한 점수를 받기 힘들다. 누군가가 죽고 남긴 일기를 누군가가 읽어나가며 죽은 이의 삶을 추체험하는 서사 방식이 얼마나 낡고 상투적인가. 그러므로 역시 예상대로 《독고준》은 소설이라기보다는 적당한 허구적 장치를 가진 에세이에 가깝다. 그리고 여기 작동하고 있는 서사적 충동은 전통 소설에서의 서사적 충동(탐색담, 모험담으로서의)과는 다른, 에세이스트 고종석의 변형된 글쓰기 충동에 불과하다.

그렇다면 에세이로서의 《독고준》은 어떤가? 그것은 에세이스트 고종석이 최인훈 혹은 독고준에 가탁하여 1960년대부터 2000년대의 첫 10년까지의 한국(가끔은 세계) 정치, 사회, 문화, 문학에 대한 자신의 아웃사이더적인(회색인적이라 해도 무방한) 생각들을 늘어놓은 것이다. 그리고 그렇게 읽는 게 이 책의 번거로우면서도 별로 참신하지 않은 서사적 장치에 구애받지 않고 고갱이를 잘 접수할 수 있는 첩경이다.

그러면 고종석이 가탁하고 있는 독고준은 누구인가? 그는 결론적으로 말하면 리버럴이다. 그의 키워드(아마도 고종석 자신의 키워드이겠지만)가 '자유, 균형, 소수자'라는 데서 잘 알 수 있다. 그는 어떤 권위에도 머리 숙이지 않고 어떤 사태에도 열광하지 않는다. 그리고 이를테면 선 속의 악을, 악 속의 선을 냉정히 응시한다. 이런 자의 운명은 예정되어 있다. 고독이 그것이다. 스스로 자초해서 자신에게 상처를 입히고 고독의 성채로 들어가는 자의 운명이 그것이다.

고종석은 이 책에서 이재현과 더불어 나를 일컬어 "좌파 회색인"(혹은 "회색 좌파"(?))라고 부르면서 나를 자기 쪽으로 끌어당겼다. 그가 "본인들은 이런 딱지를 싫어하겠지만"이라는 단서를 붙였듯이 나는 나에 대한 그런 규정에 동의하지 않는다. 나는 그냥 좌파이기 때문이다. 좌파란 본질적으로 의심하는 자이지만, 동시에 회색 지대에 머물러 있는 자가 아니라 흑과 백 사이를 격렬하게 부딪쳐 나가는 자이다. (그런데 이 말은 사실일까?)

몽상의 인문학, 비현실의 사회과학

어제 《황해문화》 편집회의에서 8월 하순에 나올 가을호 특집 기획에 관한 기초 논의가 있었다. 나는 이쯤에서 한국경제건 세계경제건 이른바 '성장 동력'을 찾아서 일자리를 늘인다는 고용확대 정책은 한계에 이르지 않았는가, 따라서 앙드레 고르 등이 제안한 노동시간 단축을 통한 일자리 나누기를 본격적인 사회적 의제로 논의해야 하지 않는가, 이미 세계적 규모의 생산력은 충분히 증대했고 제조업은 한계에 이른 상황에서 노동시간 단축, 일자리 나누기, 여가 시간의 획기적 확대를 기조로 하는 생산관계의 혁명적 변화가 이루어져야 하는 것 아닌가 하는 생각에 기초해서 이를 기존의 자본주의 성장 모델과 대비해 고찰하는 특집을 기획해 볼 것을 제안했다.

그런데 듣고 있던 《황해문화》 편집위원이자 오랜 친구인 경제학자 김모 교수가 "그건 미래학자들에게나 들을 얘기"라고 간단히 일축하고 나섰다. 생산력 수준이 당대 세계 인구

전부를 먹여 살릴 정도가 된 것은 이미 옛날 애기다. 하지만 분배 구조의 혁명적 변화 없이는 노동시간 단축, 일자리 나누기, 여가 시간 확대 등은 불가능하고, 또 제조업이 한계에 이르렀다고 해도 생활수준의 향상에 따른 수요의 고급화와 그에 부응하는 공급 확대의 가능성까지는 아직 한계에 이른 것은 아니라며, 적어도 향후 30년 이내에는 그러한 논의를 절박하게 해야 할 상황은 도래하지 않을 것이란다.

간단히 말하면 문학하는 나는 때 이른 진보적 몽상을 펼친 것이고, 경제학자인 그는 냉정한 현실적 진단을 내린 것이다. 대학 시절부터 나름 정치경제학이나 사회학 등 사회과학 일반에 대한 교양을 게을리하지 않았다고 자부하면서도, 나에게 사회과학은 객관세계에 대한 관찰의 도구라기보다는 나의, 그리고 나와 같은 생각을 하며 사는 후줄근한 비현실주의자들의 몽상을 뒷받침하는 이론적 장식물에 더 가까웠음을 새삼 깨닫는 순간이다.

진보적 의지는 나와 다를 바 없지만 현실에 대해서는 절대로 몽상 따위 하지 않는 그 경제학자 김 교수와 이야기하다 보면, 나의 이러한 아전인수식 '사회과학의 인문학적 전유'는 늘 된서리를 맞는다. 분하고 야속하지만 나의 교양적 사회과학은 그의 분석을 체계적으로 반박하기에 너무나 유치한 수준이기 때문이다.

그럼에도 불구하고 나는 절대로 나의 몽상적 인문학과 비현실적 사회과학을 포기하지 않는다. 현실에 대한 직관적이고 몽상적인 다시 말해 시적인 초월의 의지가 없다면, 그 어떤 치밀한 사회과학도 결국 이미 저질러진 현실에 대한 지루한 사후 정리 작업 이상일 수 없기 때문이다. 그래서 나는 얄미운 경제학자에게 이렇게 반격한다.

"자본의 무한운동이 멈춘 세상이 되면 근대경제학자가 더이상 할 일이 없을 테니까 이렇게 자본주의 이후를 이야기하자는 게 싫은 거지? 이 진보의 탈을 쓴 보수주의자!"

중독

그러니까 오늘 같은 날이 바로 그렇다.

설 전날인 토요일, 아내는 일종의 대목이라 일찌감치 약국에 나갔고, 서둘러 멀리 떠나야 할 시골집이 있는 것도 아니고, 설 준비라야 형제들과 품앗이 약속에 따라 이런저런 전유어들을 부쳐가야 하는 일인데 그건 주 3일 오시는 아주머니가 늘 해주시는 일이니까 나는 갓 부쳐낸 녹두전, 동태전, 굴전, 호박전, 고추전 들을 마치 어릴 때 어머니 옆에서 그랬던 것처럼 그저 하나씩 집어 맛을 보기만 하면 되는, 오늘은 그런 날이었다.

나에게는 다음 주말에 있을 무슨 심포지엄 예비 발표를 위해 학교에서 한 보따리 싸온 책들을 어제에 이어 지향 없이 들여다보며 생각을 가다듬으면 되는 비교적 한가한 날이기도 했다. 그런데 어제부터 진종일 집안에만 틀어박혀 있다 오늘 오후가 되니까 엔간히 지겨워졌다. 주방 쪽에서는 전유어 부치는 고소한 냄새가 계속 흘러들어오는데, 책을 들여다보다가 멍하니 생각에 잠겼다가 곁에 있는 컴퓨터로 뒤적뒤적 인터넷 검색을 하다가 그야말로 시간을 분초 단위로 뜯어먹고 있던 오후 네 시 반 경, 분연히 몸을 일으켜 옷을 갈아입고 집을 나섰다.

집 근처에 안감내라고 불리기도 하는 성북천이 흐르고 있다. 북악산에서 발원하는 냇물인데 재작년까지는 복개되어 지하로 흐르다가 구청에서 복원하여 이제 제법 생태 하천으로 살아나는 중이다. 동네인데도 이제껏 거기 조성된 산책로를 못 걸어봤는데 오늘은 성북구청 앞에서 삼선교까지 한 1킬로미터 정도 되는 그 산책로를 걸었다. 얕지만 맑은 냇물에는 제법 씨알이 굵은 송사리도 살고, 조금 여울진 곳에서는 오리 두 마리가 헤엄도 치고 있었다.

그 산책로를 빠져나와 얼마 전 버스를 타고 가다 봐둔 적이 있는 삼선교 버스 정류장 앞 '원두커피 볶는 이야기'를 찾았다. 컬럼비아, 브라질, 케냐, 에티오피아, 과테말라 등지에서 직접 수입한 원두를 그날그날 직접 로스팅해서 핸드드립 방식으로 내오는, 요즘 차츰 눈에 많이 띄기 시작하는 본격 커피전문점의 하나다. 에스프레소 머신 하나 갖다 놓고 에스프레소, 아메리카노, 카페라테, 각종 마키아토 등속을 만들어 파는 스타벅스 류와는 다른, 말하자면 진짜 커피를 파는 곳이다. 오늘 볶은 커피는 '케냐 AA', 산미가 적은 진하고 구수한 커피다. 거기 앉아서 거의 한 사발쯤 되는 커피를 마시며 논문 한 편을 읽었다.

돌아오는 길에는 성신여대 전철역 부근 '북리브로'에 들러 이것저것 신간을 뒤적이다가 최승자의 새 시집 《쓸쓸해서 머나먼》과 열린책들판 세계문학전집 중 샬럿 브론테의 《교수》라는 책을 사 들고 나왔다. 그리고 '파리바게트'에 들러 작은 선물용 초콜릿 한 상자도 샀다. 내일이 밸런타인데이, 사실 아내가 내게 사줘야 하는 걸 그냥 내가 샀다. 아내가 들어오면 나에게 달라고 할 작정으로.

두 시간 만에 집에 들어왔다. 왠지 심난하고 지겹던 게 한결 나아졌다.

그런데 문득 그냥 근 이틀 만에 바람을 쐬어서 기분이 좋아진 것인지, 아니면 다른 이유에서 그런 것인지 잠깐 궁금해졌다. 사실 집에서도 바람이 쐬고 싶으면 입던 추리닝 차림 그대로 옥상에라도 올라가면 되고, 커피가 고프면 제법 맛있는 하와이산 원두가 있으니 직접 갈아서 내려 마시면 되고, 오디오 켜서 음악 들으면 남부럽지 않을 텐데 왜 꼭 옷 차려입고 밖으로 나갔다 와야 이렇게 기분이 바뀌는 걸까 하는 생각.

아무래도 돈을 써서 그런 것 같았다. '케냐 AA' 커피 한 잔에 6천 원, 시집이 7천 원, 소설이 9천8백 원, 그리고 초콜릿이 5천5백 원, 이렇게 두 시간 외출에 2만8천3백 원이나 되는 돈을 쓰고 들어왔던 것이다. 흔히 말하는 문화 소비를 약 3만 원어치 하고 들어온 셈인데, 그게 그냥 집에 버티고 앉아있는 것보다 뭔가 더 그럴듯하게 하루를 살아낸 것 같은 느낌을 준 게 아닌가 하는 생각이 들었다. 돈이 아깝기는커녕 기분이 좋아지는 게 아무래도 그놈의 문화 소비 때문인 것 같아서, 그 3만 원을 지불하고 문화적 허영을 사들이고서야 마음의 안정을 찾은 것 같아서, 아무래도 일종의 중독증 아닌가 싶어서 갑자기 마음 한 구석이 아득해져 온다.

모두가 귀족이 되는 세상

혁명을 하려거든 웃고 즐기며 하라
소름 끼치도록 심각하게는 하지 마라
너무 진지하게도 하지 마라
그저 재미로 하라

사람들을 미워하기 때문에 혁명에 가담하지 마라
그저 원수들의 눈에 침이라도 한번 뱉기 위해서 하라

돈을 좇는 혁명은 하지 말고
돈을 깡그리 비웃는 혁명을 하라

획일을 추구하는 혁명은 하지 마라
혁명은 우리의 산술적 평균을 깨는 결단이어야 한다
사과 달린 수레를 뒤집고 사과가 어느 방향으로

굴러가는가를 보는 것이란 얼마나 가소로운가

노동자계급을 위한 혁명도 하지 마라

우리 모두가 자력으로 괜찮은 귀족이 되는 그런 혁명을 하라

즐겁게 도망하는 당나귀들처럼 뒷발질이나 한번 하라

어쨌든 세계노동자들을 위한 혁명은 하지 마라

노동은 이제껏 우리가 너무 많이 해온 것이 아닌가?

우리 노동을 폐지하자, 우리 일하는 것에 종지부를 찍자!

일은 재미일 수 있다, 그리하여 사람들은 일을 즐길 수 있다

그러면 일은 노동이 아니다

우리 노동을 그렇게 하자!

우리 재미를 위한 혁명을 하자

— D. H. 로렌스, 〈제대로 된 혁명〉

이 시를 언젠가 읽은 기억이 나는데 오늘 아침 〈한겨레〉에 최성각 선생의 글과 함께 실린 것을 다시 보니 새삼 가슴에 와 닿는다. 무엇보다 "우리 모두가 자력으로 괜찮은 귀족이 되는 그런 혁명을 하라"는 구절이 그렇다.

혁명을 하는 것은 흔히 생각하듯 모두가 평민이 되기 위함

이 아니라 모두가 귀족이 되기 위해서이다. 유형의 것이건 무형의 것이건 모두가 함께 살기 위해 필요한 것들을 만들어 내는 생산 활동 대여섯 시간에, 일고여덟 시간 충분히 자고, 나머지 시간에 자기가 하고 싶은 일이면서 동시에 인간의 풍부한 가능성을 발양하는 순수한 취미 활동을 하는 세상을 만드는 게 혁명이라면 그게 모두가 귀족이 되는 혁명이 아니겠는가.

다른 시도 한 편 소개한다. 김수영이 자신의 진짜 처녀작인데 원고도 잃어버리고 발표지도 못 찾아서 겨우 기억난다고 했던 시다(나는 김수영이 이 시가 실렸다고 한 해방 직후의 잡지 〈민주경찰〉이던가를 국립중앙도서관에서 '백을 써서' 찾아내 다 뒤져봤지만 결국 못 찾고 말았다. 시인의 기억이 틀렸던 것이다).

마차마야 삥긋거리고 웃어라

간지럽고 둥글고 안타까운 이 전체의 속에서

마치 힘처럼 소리치려는 깃발—

별별 여자가 지나다닌다

화려한 여자가 나는 좋구나

내일 아침에는 부부가 되자

집은 산 너머가 좋지 않으냐

오는 밤마다 두 사람 같이

귀족처럼 이 거리 걸을 것이다

오오 거리는 나의 설움이다

— 김수영, 〈거리〉 중에서

처음 이 시를 읽은 김기림은 마지막 둘째 행의 '귀족'을 '영웅'으로 바꾸라고 조언했지만, 김수영은 그 말을 거부하고 귀족을 그대로 썼다고 자랑했다. 나도 안 바꾸길 잘했다고 생각한다. 영웅이 다 뭐냐, 촌스럽게스리. 해방 직후 좌선회를 한 김기림의 감각으로는 영웅이 더 적당해 보였겠지만, 영웅은 추종자들과 대낮의 거리를 걷지 결코 밤거리를 화려한 여자와 둘이 걷지 않는다. 귀족은 그런 것이다.

영웅도 귀족도 없는 시절이니 내가 영웅이나 귀족이 될 수는 없을 테지만, 굳이 말하자면 나는 영웅주의자가 아니라 귀족주의자다. 가난이 고황에 들어 봉지쌀과 새끼줄 연탄을 들고 다니고 물지게를 지고 다니던 유소년 시절부터 민중을 위해 싸운다고 믿었던 대학 시절까지도 우아하고 고상하게 살아야 한다는 생각을 한 번도 버린 적이 없다.

성인이 되어 결혼을 하고 가정을 꾸리고 아이들을 키우면서도 내일을 위한 저축이란 걸 해본 적이 없다. 직업이 있을 때나 없을 때나 마찬가지였다. 있으면 있는 대로 없으면 없는 대로 오늘 내가 좋은 것, 사랑하는 것을 좋아하고 사랑하며 살았다. 적당한 절제는 또한 귀족의 미덕이므로 살림이 거덜 날 정도의 엄청난 사치는 하지 않았지만 절대로 스스로 구차해지지는 않았다.

가을에 말라버린 껍질을 남기고 사라질지언정 좋은 여름날에 기타를 치며 노래를 하며 사는 베짱이로 살지, 쌀 알갱이, 낙엽 한 조각, 죽은 벌레의 시체 같은 걸로 집구석을 가득 채워놓고 추운 겨울 안도의 한숨을 쉬며 겨우 다리를 펴는 개미로 살고 싶지는 않다. 게다가 일사불란한 집단 노동을 참아내야지만 얻을 수 있는 그런 안도라니!

오늘 모처럼 바쁘지 않은 토요일, 오디오 볼륨을 올리고 천천히 아침을 차려 먹고, 밀린 빨래를 하고 커피도 한 잔 진하게 내려 마시고, 토요판 신문을 깨알같이 읽으며 귀족처럼 시간을 보내면서, 이 아침에는 신문에 실린 시조차도 나를 위해 이렇게 아침을 하는구나 생각한다.

"모두가 자력으로 괜찮은 귀족이 되는 그런 혁명을 하라."

이 세상이 만든 재화의 총량은 이미 모든 사람들이 '괜찮은 귀족'이 되어도 좋을 만큼 많이 쌓여있다. 이제 세상의 구조만 바꾸면 된다. 마음속에 한 순간도 귀족이기를 포기하지 않

는 사람만이 모두가 귀족이 되는 세상을 만드는 싸움에 나설
수 있다.

얼치기 페미니스트의 변명

한국 남성들의 절대다수는 여성을 열등한 존재라고, 혹은 열등한 존재여야 한다고 인식하고 있다. 여성을 일상적으로 비하하거나 적대시하는 경우만 그런 것이 아니다. 여성을 존중한다고 하는 경우건, 보호해야 한다고 하는 경우건, 매너가 좋은 경우건, 페미니스트를 자처하는 경우건 다 마찬가지다. 그 여성이 아무리 능력이 있고 많은 성취를 하고 심지어 명백히 자기보다 모든 면에서 우월하다고 하더라도 마찬가지다. 한국 남성에게 여성은 언제나 쉬운 존재이거나 쉬운 존재여야 한다. 또한 10대에서 80대까지 연령과 세대에 관계없이 동성애자가 아닌 한국 남성들의 절대다수는 많건 적건 여성을 성적 대상화하고 있다. 특히 10대 후반에서 40대 전후의 '젊은 여성들'에 대해서는 절대적으로 그렇다. 그것은 말이 좋아 대상화이지 사실은 성적 착취라고 할 수 있다.

이러한 차별과 성적 대상화는 동전의 양면을 이룬다. 차별은 성적 착취를 낳고, 성적 착취 구조는 차별을 고착시키는 역할을 한다. 아마도 한국사회는 이 양면 구조를 통해 사회의 인간화와 민주화에 드는 비용을 효율적으로 절감해온 전형적 사례 중 하나라고 할 것이다.

한국 남성들이 여성에 대하여 가지는 위의 두 가지 태도 혹은 인식은 유구하고 이제는 다양한 유·무형의 제도로 고착, 재생산되고 있다. 한국사회에서 여성의 지위가 상대적으로 높아졌다고 하는 것은 이러한 심상 구조와 제도가 변화했기 때문이 아니라, 오로지 교육과 인지의 발전과 더불어 여성들 스스로가 끝없이 이러한 심상 구조와 제도에 저항하고 문제를 제기해온 결과이다.

'여성 혐오'란 단순한 증오나 배척의 심상이 아니라, 이와 같은 여성에 대한 차별화와 성적 대상화 그리고 그것을 뒷받침하거나 그것에 의해 뒷받침되는 유·무형의 제도와 습속 전체가 여성에게 가하는 신체적·심리적·사회적 억압을 의미한다. 한국 남성 일반은 개개인의 성향이나 입장과 상관없이 구조적으로 여성을 차별하고 착취하는 데에 동참하고 있으며 그것을 통해 유·무형의 이득을 얻고 있다. 따라서 여성 혐오는 '덜 떨어진' 특정 남성 집단의 정서 문제가 아니라, 한국사회를 지탱하는 하나의 사회적 자산으로 모든 남성들에게 골

고루 배당된 황금주가 되어 일상적 수익으로 환원되고 있는 것이다.

일베의 언어와 행동은 이러한 차별과 성적 착취 구조가 자연스럽게 만들어낸 하나의 하위문화적 반영물에 지나지 않는다. 일베에 소속되어 있건 아니건 여성에 관한 한 한국 남성의 절대다수는 개체적으로는 어린 시절부터, 계통적으로는 최소한 식민지 시대 이래로 사실상 일베의 정서를 유구하고 완강하게 공유하고 있다. 다만 일베는 그것을 적나라하게 표현하는 역할을 맡은 것뿐이다.

메갈리아가 대상으로 하는 것은 일베만이 아니다. 메갈리아는 직접적으로 미러링을 통해 일베의 언어와 행태를 전도시키지만, 그것을 통해 전도되는 것은 일베만이 아니라 한국 남성의 여성에 대한 태도와 인식이다. 메갈리아는 한국 남성들이 여성들을 차별하고 착취하기 위해 또는 그 과정에서 특수하게 공유해온 언어 세계를 과감하게 침범하고 그것을 탈영토화하여 백일하에 드러냈다. 그럼으로써 그 언어 세계가, 그리고 그것의 배경에 완강하게 자리잡아온 차별과 착취의 심상과 제도 전체가 얼마나 낯설고 외설적이며 반윤리적이고 폭력적인 것인지 문득 깨닫게 해주었다. 그것은 마치 겉으로는 정상적이고 미끈한 사람의 몸 안에서 거대한 기생충 덩어리를 갑자기 끄집어낸 것과도 같은 효과를 만들어냈다. 그동안 모든 한국 남성의 몸 안에는 성차별과 착취를 먹고 사는 큰빗이끼벌레 덩어리 같은 것이 들어차 있었다는 것을 메갈리아는 다소 극적으로 보여줬을 뿐이다.

나는 최근 메갈리아를 접하고 나서 나 역시 사회적으로는 '한남충'이나 '썹치남'에 불과한 존재이고, 우리 가족 내에서도 어쩌면 오래도록 '애비충'이었을지 모른다는 사실을 문득 깨닫고 소스라치지 않을 수 없었다. 나는 아니야, 나는 '탈치남'이거나 '정상남'이라고 우겨본다 해도 무의미한 것이었다, 여성들의 존재 부정 상태에 기초한 '한남충들의 아름다운 세상'에서 오랫동안 누려온 부당한 기득권들에 비하면 내가 지금 도달해 있다고 생각하는 알량한 자각의 수준이라는 것은 정말로 가소롭기 짝이 없기 때문이다.

솔직히 말하면 나는 페미니스트가 못 된다. 그것은 내가 크리스천이 못 된 것과 마찬가지다. 크리스천으로서의 신앙고백이란 거의 무조건적 믿음과 실천을 요구하는 건데, 나는 그 '무조건'이 불가능해서 크리스천 되기를 포기했다. 마찬가지로 페미니스트가 되려면 모든 면에서 철저히 여성의 입장에 서야 한다. 세상을 바라보는 관점을 완전히 바꿔야 하는 것이다. 하지만 그럴 자신도 없고 공부도 부족해서, 무엇보다 나이가 들면서 그런 래디컬한 입장을 견지하는 것이 쉽지 않아 적당히 얼버무리고 살아왔다. 그저 심퍼사이저(동조자) 정도로 만족해왔던 것이다.

신영복 선생의 말을 빌면 머리로는 알지만 가슴이 채 못 따르거나 가슴까지는 느끼더라도 발은 꼼짝 안 하는 실천 부재의 형국인 것이다. 그런데 근래에, 역시 그것도 '말하기'에 불과하지만 아주 대놓고 페미니스트를 자처하고 나선 형국이 되었다. 이제 자신이 있어서가 아니라, 그저 약자가 부당하게 공격당하는 것을 그냥 넘어가지 못하는 이 잘난 성격 때문일 것이다. 하지만 이러다 보면 지금까지보다는 좀 더 나은 남자가, 아니 좀 더 나은 인간이 되어 있을지도 모른다. 기기만 하던 아이가 일어서 발을 한걸음 떼는 일은 얼마나 어려운가.

그대 언 살이 터져 시가 빛날 때

눈 내리는 새벽이다.

거실 창을 열어 밖을 보니 하늘이 온통 하얗게 수군거린다. 골목에 늘어선 차들 지붕 위는 벌써 눈으로 두툼하다. 전 같으면 창가에 한참 붙어 서 있었을 것이다. 그런데 이제는 그럴 수 없다. 추운 게 무섭다.

손이 자꾸 튼다. 날이 추워지고 찬바람이 불어오면서 손등이 쩍쩍 갈라진다. 쓰리고 아리고 가렵다. 급기야 집안에서도 면장갑을 찾아 낀다. 맨손인 채의 '동결건조감'을 못 견딘다. 밥을 먹을 때도 춥고 메말라 장갑을 찾는다. 키보드는 더 말할 것도 없다. 덕분에 더욱 게을러진다. 설거지는 물론 행주 빠는 일이 무서워 밥 먹은 식탁을 닦아내는 일도 하지 않는다. 부쩍 입맛에 맞는 사과나 감, 배 같은 과일을 먹고 싶어도 맨손으로 한번 씻어내고 깎는 게 무서워 아내 없이는 찾아 먹지도 못한다. 보일러를 더 때고 따끈한 바닥에 누워 엉덩이 밑에 손을 깔고 지질 때가 가장 행복한 순간 중 하나가 되었다.

책 먼지가 무서워 서재에 오래 앉아 있기 저어하고, 오래된 LP 자켓의 먼지와 곰팡이 때문에 음악도 CD나 라디오로만 듣는다. 입원 중일 때부터 쌓이기 시작한 우편물, 잡지 등등이 수북하고 한 번씩 꺼내보고 다시 넣지 않은 책들이 책상 위에 마이산 탑사처럼 쌓여 가는데, 먼지와 싸울 일이 끔찍해서 좁아터진 서재는 점점 굴속같이 되어 간다. 자리를 많이 타는 못된 성벽 때문에 서재 밖에서는 책 읽기가 힘든데 서재에 들어가는 게 무서우니 책을 제대로 못 읽은 지 오래다. PC에 글 올리는 일도 덩달아 게으르다.

터진 손등을 바라보다가 문득 송기원 시집의 제목 '그대 언 살이 터져 시가 빛날 때'가 떠올랐다. 우리나라 시집 제목으로 쓰인 말 중에 가장 아름다운 말. 상징이기도 하고 현실이기도 했던 그 말, 언 살이 터지는 몸과 마음의 혹독한 가난 속에서만 시가 빛나던 한 시절이 정말 있었다. 우리의 역사도 그랬고 많은 시인들의 개인사도 그랬다. 가난의 계통발생과 개체발생이 일치하던 그 빛나는 시절, 그때 시는 저절로 빛났고 대개는 삶도 그랬다. 그런데 오늘 속절없이 터지는 내 언 살에서는 무엇이 빛나나 하릴없이 물어본다. 남도 속이고 그러면서 나 자신도 속고 마는 칭병(稱病)이 너무 길어져 시 대신 몸과 마음에 병만 홀로 깊을까 무섭다.

이제 시작일 뿐인 겨울이 벌써 너무 길다.

비 온다

마침내 비가 온다.

내일 모레까지 150밀리미터가 내린다고 한다. 이번에는 유난히 비를 기다렸다.

비가 온다고 무슨 대수가 생기는 것도 아닌데 매일 잠들기 전, 또 눈을 뜨자마자 혹 비가 오지 않나 신경을 썼다. 심지어 잠을 자면서도 바람 소리며 그저 바깥에서 들리는 수런거리는 소리에 비 아닌가 반가워 귀를 모은 적이 여러 번이다.

도무지 박자를 맞출 수 없었던 지난 2년 동안의 낯선 일상이 이제 다시는 돌아오지 않을 썰물처럼 내 생의 해안에서 빠져나가기만을 기다리면 되는데, 끝나갈수록 조바심도 같이 커졌다.

온다온다 하고 오지 않는 비를 날마다 간절히 기다렸다.

마침내 비가 온다.

오랜 가뭄 끝에 비가 온다.

핑계가 좋다.

나는 비로소 다시 홀로 고요할 준비를 시작할 수 있게 되었다.

한 스푼의 설렘과 한 스푼의 두려움을

늘 반잔쯤 담겨 있는 가벼운 피로와

아마도 같은 분량의 옅은 슬픔에 넣어

천천히 저어 본다.

그러면 잃었던 나의 익숙한 생활이 된다.

오래 기다렸다.

창밖에 마침내 비가 온다.

낮술

"먹은 자는 조바심을 내지 않는 법이니, 그녀도 그거나 한 잔 먹었으면 싶었다."

권여선 소설집 《처녀치마》에 실린 〈두리번거린다〉라는 단편의 한 구절이다. 그렇다. 낮술을 마셔버린 자는 조바심을 내지 않는다. 낮술을 한잔 걸치면, 그것도 술 마신 것을 부끄러워하지 않아도 될 만큼만 마시면 그때부터는 어떤 조바심에도 위협당하지 않는다. 세상은 돈짝만해지고 나는 한없이 부풀어 오른다. 속도의 관성을 이기는 순간이다. 과장하면 세상을 잠시 이기는 순간이다. 그런 순간이 영원하기라도 하다면······.

하지만 낮술과 뒤이은 오만한 혼몽은 짧고, 깨어 있는 조바심의 일상은 늘 너무 길다. 낮술을 마신 자 조바심을 내지 않는다는 말을 뒤집어 보면 거기에는 낮술이라도 한잔했으면 하는 오랜 조바심이 숨어 있다. 그리고 조바심은 언제나 조바심일 뿐, 그것은 그저 생의 유예일 뿐이다. 조바심도 생의 유예, 낮술 같은 혼몽도 그 순간의 착시도 결국 생의 유예…….
유예하지 혹은 유예되지 않는 생이란 건 또 무엇인가 되물을 수 있다. 나도 모른다. 하지만 유예를 견디는 건 더 힘들다.

때로는 지독히 그리운 낮술,

하지만 나는 낮술을 마시지 않는다.

일몰

인천 내 방 창밖에서 방금 해가 졌습니다.

멀리 영종도의 나지막한 산들 위로 이제는 검붉은 해의 그림자만 남아 있습니다.

어제부터 그렇게 바람이 불더니 아침나절 자욱하던 황사도 몰아내고 모처럼 지는 해를

고스란히 보여주었습니다.

석양을 바라보는 서북 서향의 창을 가진 것이 처음에는 좋았더랬는데

이제는 종종 힘들다 생각 드는 때가 있습니다.

오늘은 학교에서 겨우 10여 분 거리의 이곳까지 오는데 2시간도 넘게 걸렸습니다.

아암도로 송도 간척지로 흙먼지 자욱한 길로 한참을 돌아 왔습니다.

혼자 끼니를 끓여 먹는 일도 마음에 차지 않아

허름한 길가 식당에서 국밥 한 그릇 말아 달래서 먹고 들어왔습니다.

그런데 창으로 하나 가득 해가 지고 있더군요.

어디로 도망이라도 갔으면

저렇게 감쪽같이 사라져 버렸으면

그리고 내일 아침에는 그렇게 아주 머나먼 반대쪽에서

새로 태어난 듯 눈을 떴으면

우울한 일몰입니다.

슬픔의
문신

저건 내가 아니다

그제 밤 이유 없이 잠을 못 이뤄 하루 종일 어질머리 못 가누다 집에 돌아온 어제저녁, 휴식을 대신하려 선택한 영화 한 편 때문에 나의 휴식은 다시 숙제가 되었다. 〈소수의견〉에서 지금은 돈 되는 민사 전문 변호사가 된 장대석(유해진)이 강제철거 현장에서 진압경찰을 살해한 철거민의 변호를 맡을 것인가를 고민하던 장면 때문이다.

거울을 들여다본다. 젊은 날에는 나르시스의 연못이었던 거울이 이제는 레테의 강 건너편처럼 낯설다. 저 얼굴이 과연 내 얼굴인가, 뜨거웠던 '그날들'의 흔적은 어디에 있는가. 오오 저게 나다, 아니다, 저건 내가 아니다! 거울을 들여다본다. 거기에는 긍정할 수도 부정할 수도 없는, 사랑할 수도 미워할 수도 없는, 지킬 수도 버릴 수도 없는, 한 모자란 인생의 누추한 전기가 들어있다.

장대석이 이 장면 이후에 결단을 내리지만, 그것은 오히려 부차적이다. 내게는 이 장면이 영화의 나머지 부분 전체와 맞먹는 무게로 오래 지속될 것이다.

오늘도 나는 거울을 들여다본다. 이번 생에 내가 맡은 이 역할을 이대로 계속 수행해야 하는가. 답 없는 물음을 묻고 또 묻는다.

지친 낙타

나는 너무나 많은 첨단의 노래만을 불러왔다
나는 정지의 미에 너무나 둔한하였다
나무여 영혼이여
가벼운 참새같이 나는 잠시 너의
흉하지 않은 가지 위에 피곤한 몸을 앉힌다

성장은 소크라테스 이후의 모든 현인들이 해온 일
정리는
전란에 시달린 20세기 시인들이 해놓은 일
그래도 나무는 자라고 있다 영혼은
그리고 교훈은 명령은

나는
아직도 명령의 과잉을 용서할 수 없는 시대이지만

이 시대는 아직도 명령의 과잉을 요구하는 밤이다
나는 그러한 밤에는 부엉이의 노래를 부를 줄도 안다

지지한 노래를
더러운 노래를 생기 없는 노래를
아아 하나의 명령을
— 김수영, 〈서시〉

어제 강의 시간에 제자들에게 '소인주의(素人主義)'를 극복하라고, 무엇이든 큰일을 할 수 있다는 자존감을 가지라고 젊은 날 내 다소 무모했던 '출세기'까지 끄집어내면서 강변했지만, 정작 나는 요즘 소인주의의 유혹에 기꺼이 몸을 맡긴다. 큰일, 중요한 일, 싫지만 해야 하는 일……또는 큰말, 거대담론 등 대문자로 시작하는 말에서 좀 놓여나고 싶어서이다.

　시대는 여전히 명령의 과잉을 앓고 있지만, 명령받지도 명령하지도 않으며 당분간이라도 좀 어디 한적한 나뭇가지 위에 오래도록 움직이지 않고 있는 검은 새처럼 그렇게 앉아 있고 싶다. 부엉이의 노래조차 버거운 일이다. 오래 항해하는 법을 잊어버린 무거운 배처럼 그저 지구 한가운데로 깊게 닻을 드리우고 가만히 머물고 싶다.

그러므로 내가 무슨 말을 하든, 누구와 어떤 일을 상의하고 무슨 일을 도모하든 그것은 오로지 생활이고, 아직 태엽이 남은 장난감 병정의 단조로운 걸음걸이에 불과하다. 사는 게 아니라 살아지는 것일 뿐이다. 사실 내 속은 여전히 지친 새, 다친 개, 이제 막 잠든 허기진 곰, 너무 걸어 탈진한 낙타……. 이런 것들로 가득하다.

어쩌면 이제 남은 것은 고요히 미라가, 화석이 되는 것뿐일지도 모른다.

지금 데려가 다오

　　"'제정신'을 갖고 산다는 것은, 어떤 정지된 상태로서의 '남'을 생각할 수도 없고, 정지된 '나'를 생각할 수도 없는 일이다. 엄격히 말하자면 '제 정신을 갖고 사는' '남'도 그렇고 '나'도 그렇고, 그것이 '제정신을 가진' 비평의 객체나 주체가 되기 위해서는 창조생활(넓은 의미의 창조생활)을 한다는 전제가 필요하다. 그리고 이러한 모든 창조생활은 유동적인 것이고 발전적인 것이다. 여기에는 순간을 다투는 어떤 윤리가 있다. 이것이 현대의 양심이다. (중략) '제정신을 갖고 사는 사람'이란 끊임없는 창조의 향상을 하면서 순간 속에 진리와 미(美)의 전신의 이행을 위탁하는 사람이다. 다시 말해 두지만 제정신을 갖고 사는 사람이란 어느 특정된 인물이 될 수도 없고, 어떤 특정된 시간이 될 수도 없다. 우리는 일순간도 마음을 못 놓는다."

　― 김수영, 〈제정신을 갖고 사는 사람은 없는가〉 중에서

가차 없다. 제정신을 갖기 위해서는 '전신의 이행', 즉 '온몸으로 온몸을 밀고' 나가야만 한다는 것이다. 아무도 어떤 순간도 자기 온몸과 영혼을 들어올리는 '자가공중부양'의 혈투가 없으면 '제정신'이라는 판정을 받을 수 없다.

이런 점에서 보면 나는 정신이 오락가락하는 사람이다. 대부분의 사람들이 그럴 것이다. 지속가능한 제정신이란 대단히 희귀하고 고통스러운 것이기 때문이다. 물론 김수영도 결코 늘 제정신은 아니었을 것이다. 하지만 그와 내가 다른 점은 그는 늘 제정신을 의식하며 살았고, 나는 나이 들수록 정신줄을 놓고 사는 시간이 늘어난다는 데에 있다.

하긴 김수영이 이 글을 쓴 것은 1966년, 그가 마흔여섯 살 때였다. 아마 그도 10년쯤 더 살아 내 나이가 되었으면 어떻게 되었을지 모른다. 하지만 그런 생각은 그만하기로 한다. 그렇다면 일찍 죽은 모든 사람들의 짧고도 휘황한 삶이 모두 범속한 것이 되어버리기 때문이다. 더 사는 게 의미가 있다면 그것은 더 나은, 최소한 까먹지는 않는 삶을 산다고 할 때이다.

장마 전선이 전신주와 전신주 사이에 길게 늘어져 있고 어제의 기억이며 오늘의 각오가 미처 굳기도 전에 비에 젖어 문드러져 흘러내린다. 뼈마디도 덩달아 후줄근해지고 창밖산 계곡에서 울던 개구리 울음이 어느새 내 안 어딘가에 들어와 자리 잡았는지 밖은 빗소리밖에 들리지 않는데 내 안에서는 악악거리는 개구리 울음소리가 들려온다.

나를 데려가 다오,
이렇게 이승이 멀어질 대로 멀어지는 지금이 가장 좋을 때다.
나를 데려가 다오.

개 같은 희망

개 같은 가을이 쳐들어온다.
매독 같은 가을,
그리고 죽음은, 황혼 그 마비된
한 쪽 다리에 찾아온다.

모든 사물이 습기를 잃고
모든 길들의 경계선이 문드러진다.
레코드에 담긴 옛 가수의 목소리가 시들고
여보세요, 죽선이 아니니 죽선이지 죽선아
전화선이 허공에서 수신인을 잃고
한번 떠나간 애인들은 꿈에도 다시 돌아오지 않는다.

그리고 그리고 괴어 있는 기억의 廢水가
한없이 말 오줌 냄새를 풍기는 세월의 봉놋방에서

어디 만큼 왔나 어디까지 가야
강물은 바다가 될 수 있을까.
— 최승자, 〈개 같은 가을이〉

9월도 벌써 한 주일이 지나가고 어제는 밤공기가 차가워져
자다 일어나 여름내 열어두던 창문을 닫았고 잠든 내내 이불
을 한 번도 차버리지 않았다. 가을이 오기는 온 모양이다. 이
맘때면 늘 이 시가 생각난다. 전주교도소에서 2년 차 징역을
살던 1982년 9월 말인가 지금의 내 아내(당시에는 아직 '법무
부 약혼녀'였던)가 넣어준 최승자의 첫 시집 《이 시대의 사랑》
을 받아 읽었을 때의 그 전율을 동반한 카타르시스가 아직도
생생하다.

"일찌기 나는 아무것도 아니었다"로 시작하는 첫 시(〈일찌기
나는〉)에서 시작된 충격은 그다음에 이어지는 이 "개 같은 가
을이 쳐들어온다"에서 이미 짧은 절정에 도달해 버렸다. 고백
건대 나는 감옥에서 《뒹구는 돌은 언제 잠 깨는가》, 《새들도
세상을 뜨는구나》와 더불어 이 시집을 읽는 순간 너무 좋아서
《황토》나 《농무》는 미안하지만 개가 물어가도 좋다고 생각했
었다.

이 시에서 쳐들어온 가을은 정말로 개나 매독처럼 더러운

114

것이었을까?

나는 마비된 한 쪽 다리, 습기 잃은 사물들, 경계선이 문드러진 길들, 시들고 있는 옛 가수의 목소리, 수신인을 잃은 전화선, 떠나간 애인들, 괴어 있는 기억의 폐수, 그리고 말 오줌 냄새 한없이 나는 봉놋방 등 이 시에 등장하는 어떤 혼돈에 빠진 사물에서 희한하게도 염세의 풍경이 아니라 축제의 카오스에서나 맛볼 법한 설렘과 기대를 읽었다. 그리하여 제 풀에 들떠 벌떡 일어나 옥창 밖을 내다보며 코앞에 닥친 '개 같이 신나는' 가을의 기미를 새삼 더듬어 찾던 기억이 있다.

그러니 "어디만큼 왔나 어디까지 가야 / 강물은 바다가 될 수 있을까"라는 이 시의 마지막 부분 역시 도대체 바다에 언제 닿을지 기약 없는 강물의 나약한 한탄이 아니라, 머지않아 바다에 합류하게 될 강물의 들뜬 희망으로 읽을 수밖에 없었다.

이 시는 결코 절망의 노래가 아니었다. 비록 정치적으로는 패배했으나 윤리적으로, 나아가 문화적으로는 이미 70년대까지의 늙고 낡고 추한 모든 것에 불퇴전의 감각을 벼리던 80년대 세대의 '오만불손한' 부정의 정신이 뛰노는 힘의 노래였다. 그러므로 '개 같은 가을'은 오히려 반어로 읽혀야 할 것이었다.

그런데 그로부터 34년이 지나 다시 온 이 가을에는 왜 이런 '개 같은 희망'조차 섞여 있지 않은가. 왜 바다로 나아가는

강물의 설렘 같은 것은 찾아보려야 찾아볼 수도 없게 되어
버린 것일까. 진짜 개 같은 가을이 덧없이 오고 있다. 오후의
창밖에는 쓸데없이 해맑은 햇살만 번잡하다.

떠도는 슬픈 넋의 노래

지금은 새벽 1시 15분.

잠을 청하는 대신 노트북 앞에 앉았다. 앞으로 4시간 남짓 뒤 5시 30분이면 어김없이 일어나 아이들 아침 식사를 차려주고 도시락도 싸줘야 하지만 지금은 잠들기 싫다. 같이 문학사 공부를 하는 대학원 후배들과 모처럼 기분 좋은 술 한잔하고 연구실에서 잠깐 눈을 붙이고 일어나 대강 술을 깨고 돌아온 게 지금 이 시간이다. 그래 지금은 잠들기 싫다. 아니, 잠들 수 없다.

겨우 음주 측정에 걸리지 않을 만큼 술을 깨고 홀로 차를 몰아 집으로 돌아오는 늦은 길, 커피와 껌으로 입에 남은 술내음을 쫓으면서 돌아오는 자정 언저리의 그 길은 늘 고즈넉하다. 자정 전이면 KBS FM에서 나오는 '김세원의 밤과 음악'을 들으면서 온다. 운이 좋으면 브렌델이나 리히터가 연주하는 베토벤 피아노 소나타 17번 템페스트, 그 격정과 억제가 자리바꿈하며 가슴을 치는 무궁동(無窮動)의 심연을 만나거나, 마이클 호페의 가슴 밑바닥을 훑으며 흐르는 알토 플루트의 깊은 슬픔에 맞닥뜨릴 수 있다. 아마도 이제는 어지간히 나이가 들었을 김순남의 딸도 이 음악들을 좋아하는 모양인지 나는 이 프로그램을 통해 이 음악들을 종종 만난다.

그러다 자정이 넘으면 라디오를 끈다. 추운 계절에는 차창을 닫은 채로 생각에 빠져든다. 춥지 않은 계절이면 차창을 열고 찬 밤바람을 얼굴에 맞으면서 달린다. 명정에서 조금씩 빠져나오는 그 얼얼한 순간, 굳었던 안면과 혀가 조금씩 풀리고 이마 부근에 아직 남아있는 술기운이 조금은 아까워지는 순간, 눈앞에 달려들었다가 사라져 가는 풍경도 덩달아 마비에서 풀려 다시 제자리로 돌아가는 그 마법의 순간, 그 순간들이 우루루 쌓였다가 다시 무너져 가는 이 늦은 밤의 귀갓길을 나는 언제부터인가 좋아하게 되었다. 그것도 행복이라면 행복일까.

오늘도 그런 길을 달려서 왔다.

그런데 오늘은 행복하지 않다. 슬프다. 그리고 그 슬픔이 나를 잠들지 못하게 한다. 왜 슬픈지 아는가? 그 길에서 죽은 김광석을 만났기 때문이다. 오늘도 여느 때처럼 자정이 넘어 차창을 열고 달려오다가 무심코 다시 라디오 스위치를 올렸는데 거기서 그의 노래가 흘러나왔다. 라디오에서 흘러나온 노래는 그의 노래였지만 다른 사람이 부르고 있었고, 곡목도 〈사랑했지만〉도, 〈거리에서〉도, 〈서른 즈음에〉도, 〈그날들〉도 아닌 〈나의 노래〉였다. 그런데도 나는 그 노래에 감응했다. 그가 내 귀를 통해 심장으로 들어왔다. 그는 여태 귀천하지 못한 것이다. 중음신으로 지상을 떠돌며 자기 노래가 나오는 어느 곳에든 들러붙어 사람들 귓속에 흘러들어오는 것이다. 그렇게 흘러들어온 김광석은 내게 언제나 슬픔의 귀신이다. 그의 노래는 내 귀에 들이붓는 슬픔이다. 예전에는 슬픈 노래만 슬펐는데 이제 그의 노래는 아무거나 다 슬프다. 그의 노래를 듣는 내 마음은 언제나 흐느낀다.

불쌍한 광석이……. 나는 그가 살았을 때 딱 한 번 그를 만난 적이 있다. 벌써 10년이 넘은 이야기다. 88년인가 89년인가, 성신여대에선지 동성고등학교에선지 전교조 투쟁을 돕기 위한 문학제가 열렸는데, 나는 그 행사를 준비하는 주최 측이었고 그러면서 초대 가수들, 이른바 민중가수들을 만날 수 있었다. 정태춘, 안치환, 그리고 김광석 등을. 그는 작고 수줍었다. 똑같이 수줍어도 안치환은 선배 앞에서만 그랬는데 그는 그저 마냥 늘 수줍었다. 마치 제대로 못 먹고 자란 소년처럼 작고 마른 광석이……. 그런데 무대에서 그는 수줍지 않았다.

그는 김지하의 〈타는 목마름으로〉를 불렀다. "타는 목마름으로, 타는 목마름으로, 민주주의여 만세!"를 절규하던 그의 목소리는 팽팽한 힘으로, 그러면서도 가슴을 쥐어뜯는 절절함으로 내 가슴에 문신처럼 새겨졌다. 그때는 잘 몰랐다. 내 속의 격정 때문이었을 것이다. 그런데 시간이 갈수록, 그래 10년이 넘어가면서 나는 그 문신이 사실은 슬픔의 문신이었음을 알았다.

처음부터 그랬던 것은 아니다. 나는 한동안 김광석을 잊었다. 그가 살아서 수없는 라이브 콘서트를 하고 음반을 낼 때도 나는 이 친구도 결국 제도권으로 들어갔구나 하는 생각에, 부르는 노래마다 청승맞게 '개인적 정서'를 표백하고 '사랑타령'을 해대는 통에 왠지 그가 지겨웠다. 아마도 그때는 모든 게 지겨울 때였을 것이다. 나 스스로에 대해서도 지겨울 때였을 것이다. 그가 죽었을 때, 세상을 떠났을 때도 나는 안됐다는 생각은 했지만, 이를테면 죽고 나서 방송을 휩쓴 김현식과 달리 그다지 히트를 치지 못한 그가 안쓰럽기는 했지만 그를 내 안으로 받아들이지는 않았다. 누군가 내게 그의 노래가 담긴 테이프나 CD를 선물해도 그는 그저 노래 좀 잘하는 여러 가수 중 하나를 넘지 못했다.

그런데 언제부턴가 그의 노래에서 슬픔이 밀려오기 시작했다. 언제부터인가 정확히 말할 수는 없다. 그가 우리 곁을 떠난 날이 점점 멀어질수록 이상하게도 나는 그가 남긴 노래 속으로 점점 가까이 가고 있었다. 분명 내가 변했기 때문일 것이다. 내가 그의 노래에 들어 있는 '대책 없는 슬픔'을 어느 날부턴가 발견했기 때문일 것이다. 나는 그게 언제부터인가 말할 수 없다. 분명 나름의 내면적 계기가 있었을 것이다. 나는 그것을 모른다.

하지만 그 슬픔이 나만의 슬픔이 아니라는 사실만은 확실히 말할 수 있다. 그의 노래에 들은 슬픔, 그저 슬쩍 건드리기만 해도 묻어나는 그 슬픔이 내 것만은 아니다. 그것은 우리 세대 모두의 것이다. 그를 기억하고 그의 노래에서 자기들이 살았던 한 세상을 기억하는 세대 모두의 것이다. 기억은 본디 망각의 산물이다. 멸하지 않는 순금의 기억일수록 그렇다. 그동안 우리 삶을 짓눌렀던 온갖 막대한 기억들이 시간의 풍화 작용 끝에 허공 속으로 속절없이 기화하거나 증발해 버리고도 남는 것, 그것이 진정한 순금의 기억이다. 한 통의 바닷물이 다 증발해 버린 후 남는 한 줌 순백의 소금덩이처럼. 그런데 그의 노래를 기억하고 사는 세대에게 남은 한 줌의 소금, 그것의 절대 성분은 슬픔이다. 시간이 갈수록 슬픔만이 남는다. 순도 100퍼센트의 슬픔만이.

불쌍한 광석이……. 불쌍한 우리 세대……. 너무 멀리 바라보았던, 그런데 지금은 발밑만을 보고 살아야 하는 자들의 슬픔, 저편의 휘황한 불꽃을 보고도 그곳으로 가지 못하고 그 불꽃의 잔상만을 가슴 깊은 곳에 묻어두고 있을 뿐인 자들의 슬픔. 우리는 그 슬픔에 사로잡혀 있다. 그 슬픔을 태워 다시 슬픔을 만든다. 남김없이 타버리고 다시 심지를 세워 또 타는 촛불처럼. 김광석의 노래가 갈수록 슬퍼지는 이유는 시간이 갈수록 그의 노래에서 슬픔만이 남기 때문이다. 슬픔이 그의 노래 속에 들은 궁극의 성분이기 때문이다. 우리의 삶이 졸아붙어서 슬픔을 제련하듯이, 그의 노래도 다시 불리고 불림으로써 순금의 슬픔을 제련하는 것이다.

지금 나는 죽은 김광석이 부른 〈그날들〉을 작게 틀어놓고 있다. "그대의 이름을 부르는 것만으로도 눈물을 흘리곤 했었던 그날들……"을 "잊어야 한다면 잊혀지면 좋겠어"라고, 이 불귀의 중음신이 내 곁에 와 속삭인다. 그런데 나는 그가 멈춘 곳에서, 견디다 견디다 힘겨운 삶의 줄을 놓은 그곳에서 또 얼마나 멀리 와 있는 것인가. 또 얼마나 많은 세월을 가슴 속 슬픔을 단련하며 살아야 할까. 그 슬픔이 오늘밤도 이렇게 나를 불러 잠 못 들게 하거늘 앞으로 얼마나 더 이런 밤을 맞아야 할까. 이 슬픔은 도대체 언제 끝날까.

징벌의 시간

영화를 보고 그 감독을 만나고 싶다는 생각이 든 것은 처음이다. 그녀를 만나서 왜 이런 영화를 만들 생각을 했는가 묻고 싶었다. 개봉 때부터 보고 싶었지만 이제서야 찾아본 영화. 〈파주〉는 죄의식에 관한 영화다. 2009년의 젊은 사람들은 그 죄의식을 읽어내기 힘들 것이다. 그 죄의식을 설명하는 것은 쉽지 않다. 그것은 아주 오래된 유물 같은 것이기 때문이다. 굳이 파헤쳐서, 굳이 복원해서 어쩌자는 것인가, 라는 질문에 글쎄 나도 잘 모르겠다, 라는 대답이 아마도 가장 솔직할 그런 종류의 문제. 감독 박찬옥은 왜 그랬을까, 그 낡은 죄의식을 들고 오늘 2009년 가을에 무슨 얘기를 더 하고 싶었던 것일까.

가령 이런 생각 때문에 괴로워했던 사람이 있다고 하자. 이 겨울 어느 거리 한 모퉁이에서 노숙자 한 사람이 얼어 죽는다면 그것은 내 책임이라는 부질없는 생각 같은 것 말이다.

그런데 세월이 흘러 그 생각이 이룰 수 없는 불모의, 따라서 허망한 생각이었다는 것을 알아버렸다고 하자. 혼자 힘으로는 이룰 수 없는 생각이므로 다른 사람들과 함께 이루어보려고 했지만, 그래도 여전히 이룰 수 없어서 그것을 결국 죄의식의 형태로 밖에는 지닐 수 없었던 사람이 있다고 하자. 그에게 남은 삶이란 무엇일까. 이미 상처 입은 사람들을 제 손으로 치유할 수 없음을 잘 알기 때문에 자기가 할 수 있는 최소한의 일은 누군가가 자기로 말미암아 새로 상처를 입지 않게 하는 일일 것이다. 그럴 수조차 없다면 그의 남은 삶은 아무것도 아닌 것이 되기 때문이다.

영화 속에서 중식이 은모의 언니 은수와 가까워졌을 때, 은모가 그에게 "우리 언니 건드리지 마세요!"라고 외친다. 중식이 은수를 건드리게 된다면, 사랑하게 된다면, 그것은 은모에게 상처를 주는 일이 된다. 그는 견디기로 한다. 그것이 그의 책임이기 때문이다. 그가 못 견디게 되었을 때, 은수를 안게 되었을 때, 운명은 은수의 사고사라는 징벌로 돌아오고 그는 그 징벌을 달게 받는다. 이룰 수 없는 사랑과, 덧없는 투쟁과, 새로운 이별, 이 모든 것을 견뎌야 하는 것이 그 징벌이다.

중식이 철거반대 투쟁을 위해 빈 연립주택에 들어가 물대포를 고스란히 맞고 있을 때, 은모가 물었다. "이런 일 왜 하세요? 무슨 보람이 되죠?" 그는 대답했다. "처음엔 멋져 보여서, 그다음엔 갚을 게 많아서, 그리고 지금은……모르겠다." 그는 자기에게는 유난히 갚을 게 많다고 생각하는 사람이었다. 세상에 갚을 게 많아서, 책임져야 하는데 책임지지 못해서, 자기 때문에 누군가 상처 입고, 괴로워하고, 나락에 떨어지고, 또 심지어 죽어갔다고 생각하기 때문에 그는 생애의 징벌을 고스란히 받아들이는 사람이었다.

〈파주〉는 그런 사람의 이야기였다. 그런데 그녀는 왜 이런 사람의 이야기를 영화로 만들어야 했을까. 그녀도 자기가 이루지 못한 것에 대해, 이룰 수 없었던 것에 대해, 그 때문에 상처받은, 상처받고 있는, 상처받게 될 사람들에 대해 책임을 져야 한다는 사람들 중 하나였을까. 이제는 죄의식조차 너무 멀어 아득한 채 그 어떤 징벌을 자청하지도, 감수하지도 않는 내가 새삼스럽게 그녀를 만나고 싶은 것은 또 왜일까.

미안하다 영근아

1

내가 떠난 뒤에도 그 집엔 저녁이면 형광등 불빛이 켜지고

사내는 묵은 시집을 읽거나 저녁거리를 치운 책상에서

더듬더듬 원고를 쓸 것이다 몇 잔의 커피와,

담배와, 새벽녘의 그 몹쓸 파지들 위로 떨어지는 마른 기침소리

누가 왔다갔는지 때로 한 편의 시를 쓸 때마다

그 환한 자리에 더운 숨결이 일고,

계절이 골목집 건너 백목련의 꽃망울과 은행나무 가지 위에서
바뀔 무렵이면

그 집엔 밀린 빨래들이 그 작은 마당과

녹슨 창틀과 흐린 처마와 담벽에서 부끄러움도 모르고

햇살에 취해 바람에 흔들거릴 것이다

눈을 들면 사내의 가난한 이마에 하늘의 푸른빛들이 뚝 뚝 떨
어지고

아무도 모르지, 그런 날 저녁에 부엌에서 들려오는

정갈한 도마질 소리와 고등어 굽는 냄새

바람이 먼 데서 불러온 아잇적 서툰 노래

내가 떠난 뒤에도 그 낡은 집엔 마당귀를 돌아가며

어린 고추가 자라고 방울토마토가 열리고

원추리는 그 주홍빛을 터뜨릴 것이다

그리고 낮도 밤도 없이 빗줄기에 하늘이 온통 잠기는 장마가

또 오고, 사내는 그때에도

혼자 방문턱에 앉아 술잔을 뒤집으며

빗물에 떠내려가는 원추리꽃들을 바라보고 있을까 부러져나간

고춧대와 허리가 꺾여버린 토마토 줄기들과 전기가 끊긴

한밤중의 빗소리……그렇게

가을이 수척해진 얼굴로 대문간을 기웃거릴 때

별일도 다 있지, 그는 마당에 신문지를 깔고 앉아

누군가 부쳐온 시집을 읽고 있을 것이다

얼마나 많은 물결을 끌어당기고 내밀면서

내뱉고 부르면서

강물은 숨쉬는가

2

그 낡은 집을 나와 나는 밤거리를 걷는다

저기 봐라, 흘러넘치는 광고 불빛과

여자들과

경쾌한 노래

막 옷을 갈아입은 성장(盛裝)한 마네킹들

이 도시는 시간도 기억도 없다

생(生)이 잡문이 될 때까지 나는 걷고 또 걸을 것이다

때로 그 길을 걸어 그가 올지 모른다 밤새 얼어붙은 수도꼭지를

팔팔 끓는 물로 녹이고 혼자서 웃음을 터뜨리는,

그런 모습으로 찾아와 짠지에 라면을 끓이고

소주잔을 흔들면서 몇 편의 시를 읽을지도 모른다

도시의 가난한 겨울밤은 눈벌판도 없는데

그 사내는 홀로 눈을 맞으며

천천히 벌판을 질러갈 것이다

— 박영근, 〈이사〉

시인 박영근, 1958년생으로 나와 동갑내기인 그는 2006년 마흔여덟의 나이에 세상을 떠났다. 그의 최종 사인은 결핵성 뇌수막염이지만, 그는 죽기 얼마 전부터 술 외엔 일체의 곡기

를 끊고 사실상 '자진(自盡)'을 선택했다고 한다. 그의 부음을 듣고 내가 문상을 갔던가? 잘 기억이 나지 않는다. 어쨌든 그의 사후에 한 번도 그를 기리는 행사나 모임에 참여한 적이 없었던 것은 확실하다. 내 삶도 무겁고 힘겨웠기 때문이다. 하긴 생전에도 그와 나는 속 깊은 교류를 할 정도로 각별한 사이는 아니었다. 그가 죽기 전 한 10여 년 동안은 어디서 마주친 일조차 거의 없다. 그나마 그와 종종 만나던 80년대 후반에서 90년대 초반 사이에도 그를 만날 때면 나는 그의 하염없는 '술꾼 기질'에 질려 술 좀 작작 마시라는 날선 타박을 앞세웠고, 따뜻한 말 한마디는 늘 뒷전이었다.

하지만 그가 죽고 난 뒤, 그가 남긴 시를 비로소 찬찬히 읽으면서 나는 그를 죽음으로 이끌어 간 것이 분명한 그의 깊이 모를 환멸과 고독을 제대로 마주할 수 있었다. 노동시인이라는 저주 받은 계관 때문에 차마 시로 남기지 못하고 오직 술로써밖에는 표현할 수 없었던 그의 깊고 서늘한 내면의 풍경들. 나는 무슨 권리로 그렇게 그를 타박했을까 후회했지만 이미 그는 가고 없었다. 미안하다 영근아, 정말 미안하다. 네가 스스로 목숨을 죽여 가며 이 끔찍한 시대와 맞서는 동안 나역시 아무런 대책도 없으면서 너의 삶을 대책 없는 삶이라고 몰아세웠구나.

세상을 한꺼번에 뒤집을 수 있으리란 헛된 미망으로 가득했던 80년대를 보내고 환멸의 90년대와 모멸의 2천 년대를 지나오는 동안, 한때는 함께 어깨를 겯고 같은 길을 가고 있다고 믿었던 사람들이 어느새 뿔뿔이 흩어져 제가끔 홀로 지옥 같은 세상을 견뎌내어야 했다. 어떤 이들은 재빨리 옛일을 잊었고 어떤 이들은 약간의 회한을 품고도 그럭저럭 살아남았지만, 어떤 이들은 도저히 이런 세상을 받아들일 수 없었다. 순결한 이들이다. 이 타락한 세상에서 살아남을 어떤 의지도 방법도 가지지 못한 사람들이다. 박영근은 그중에서도 가장 여리고 순결한 사람이었다.

이제 5월이 오면 그가 세상을 떠난 지 10년이 된다. 그가 생애의 거의 마지막이 되어 쓴 시 〈이사〉를 다시 읽는다. 가난한 시인이 겨울 벌판을 지나 세상 밖으로 가뭇없이 사라져간다. 이 끔찍한 생에 대한 미련을 접은 것이다. 하지만 그는 여전히 그 집에 남아 시인의 일상을 지속하는 또 다른 자기를 보고 있다. 이 구차한 생에 그래도 미련이 남은 까닭이다. 얼마나 떠나고 싶었을까, 하지만 얼마나 머무르고 싶었을까. 그 눈물겨운 갈등을 뒤로하고, 그는 결국 세상을 버렸다. 아니, 세상이 그를 버렸다. 생전에 그가 그토록 좋아하던 소주 한 잔 제대로 권하지 못한 나 역시 그를 버렸다.

미안하다 영근아, 정말 미안하다.

부끄러움의 깊이

신영복 선생이 돌아가셨다.

눈발이 흩날리는 토요일 아침이 유난히 무겁다. 향년 75세이시니 10년은 더 사셔도 좋을 것을, 그렇지 않아도 무정한 세월이 선하게 살아온 사람들에게만 유독 더 야박한 것 같아 섭섭하고 안타까울 뿐이다. 나는 2003년인가 《황해문화》에서 그분과 함께 '관계론적 패러다임'을 화두 삼아서 대담을 나눈 적이 있고, 2006년에는 《신영복 함께 읽기》에 그의 첫 저작인 《감옥으로부터의 사색》에 대한 비평을 기고한 바 있으며, 작년 봄에는 그의 마지막 저작 《담론》에 대한 서평을 쓴 바 있다. 따라서 그분과의 인연이 얕은 편이라고는 할 수 없지만, 그렇다고 따로 각별한 개인적 친분이 있는 것은 아니다.

내게 남은 그분의 흔적이라고는 신구판의 《감옥으로부터의 사색》, 《나무야, 나무야》, 《더불어 숲》, 《강의》, 《담론》 등 그분이 남긴 저작들과 어느 운동단체 후원 바자회에서 30만 원인가를 주고 구입한 백자 항아리에 적힌 '한솥밥'이라는 그분의 글씨 한 점이 전부다. 혹시 내가 그분이 재직했던 대학의 선생이라도 되었다면(1999년인가 나는 그 대학 교수 공모에 응모했다가 미역국을 먹은 일이 있다) 모를까 특별히 개인적 인연을 맺을 길이 없기도 했고, 기본적으로 대상이 누가 되었든 '선생님'을 모시는 데 별 관심도 재주도 없는 나의 타고난 불경 탓이기도 할 것이다.

이처럼 공적으로는 그리 멀지 않고 사적으로는 그리 가깝지 않은 그런 어정쩡한 관계이지만, 사실 그분과 나는 깊은 내면에서 남들은 잘 모르는 부분을 깊이 공유한 사이라고 할 수 있다. 그것은 지난 권위주의 군부독재 시기에 각기 세상을 떠들썩하게 했던 시국사건에 연루되어 세칭 '사상범'으로 영어의 시간을 살았던 사실에서 연유한다. 물론 그분은 20년, 나는 2년 반 남짓이므로 내가 감히 그분에 필적할 수는 없지만, 어쨌든 그 경험의 어떤 핵심에서 나는 그분을 깊이 이해할 수 있는 면이 있는 것이다.

그 핵심, 그것은 부끄러움이다. 당시에 체제에 저항해서 검거, 투옥된 적이 있던 모든 사람이 공히 겪은 것이긴 하지만, 특히 조직사건과 연루된 '좌익사범' 딱지가 붙었던 사람들의 경우에는 검거와 투옥의 전 과정에 걸쳐 고문은 물론이거니와 자신의 양심과 사상에 대한 심각한 굴욕과 좌절을 겪지 않을 수 없었다(그것은 지금도 다시 떠올리기 힘든 생애의 가장 끔찍한 체험이다). 그리고 그 굴욕과 좌절의 체험은 평생 '부끄러움'의 형태로 남아 전 생애의 그늘이 된다. 감히 말하거니와 직접 경험해 보지 않은 사람은 그 '자기를 향한 혐오와 타인을 향한 죄책감'으로 구성된 그 부끄러움의 깊이를 절대로 측량할 수 없다.

나는 일종의 환우의 감각으로 신영복 선생의 삶과 저작의 모든 부면에서 그 부끄러움의 흔적을 읽을 수 있었다. 그분은 비슷한 경험을 했으나 여전히 어두운 은신과 자폐의 삶을 살았던 다른 분들과 달리 대학교수로서, 베스트셀러 작가이자 서예가로서 대중적인 애정과 관심을 크게 받으며 출옥 뒤 30년 가까운 여생을 누린 것처럼 보일 것이다. 하지만 그분의 그런 셀러브리티에 가까운 명성과 발휘했으면 얼마든지 더 발휘할 수 있었던 영향력에 비한다면, 그분의 삶과 저작을 가로지르는 어떤 삼감과 겸허의 태도는 바로 그 씻을 수 없는 부끄러움이라는 생애의 감각에서 오는 것이었다. 남들은 그것을 미덕이라 부를지 모르지만, 사실 그것은 절대 아물지 않는 상처를 가진 사람만이 지을 수 있는 아픈 표정인 셈이다. 그분의 부음을 들으면서 내게 가장 먼저 떠오른 것은 그분이 이제 그 '부끄러움'이라는 평생의 상처에서 놓여나게 되었구나 하는 생각이었다.

편안히 가시기를,

다음 생에서는 다시는 그런 상처가 없는 삶을 살아가시기를,

나는 이렇게 그분의 명복을 빈다.

"이 절제된 글들 속에서 어쩔 수 없이 드러나는 아픔과 안타까움, 증오 받아 마땅한 것에 대한 증오, 먼저 죽어간 사람들과의 끊을 수 없는 연대감 등은 그가 한갓 감옥의 철학자가 아니라 본디 '혁명가'였다는 사실을 새삼 일깨워준다. 혁명가란 아파하는 사람, 증오 없이 사랑 없는 사람, 역사의 질긴 부채를 떠안는 사람이라는 점에서 그렇다."

— 졸고, 〈한 혁명적 인간의 낮고도 깊은 성찰의 기록 — 다시 읽는 '감옥으로부터의 사색'〉 중에서

집에 가자

인천항에서 낯선 이 포구까지
오는데 수십 일이 걸린 데다가
그 사이 몸은 다 식고
손톱도 다 닳아졌으니
삼도천이나 건넜을까 몰라
구조된 것은 이름, 이름들뿐
네 누운 이곳에
네 목소리는 없구나
집에 가자 이제
집에 가자
― 김해자, 〈피에타〉

이런저런 일로 번거롭기 그지없었던 여름 내내, 머릿속에서
이 시가 떠나지 않았다. 특히 "집에 가자"라는 이 시의 한 구

절이 그랬다. 죽은, 혹은 죽어가는 자식을 무릎에 눕히고 하염없이 내려다보며 엄마가 할 수 있는 말이 몇 마디나 있을까. 나는 몇 번을 죽었다 깨어나도 이처럼 깊고 깊은 슬픔을 가진 엄마는 될 수 없는 존재이지만, 그 옆에 하릴없이 또는 하염없이 서서 자기 죄를 뉘우치는, 그러면서도 그 뉘우침이 얼마 가지 않으리란 걸 잘 아는 그런 남자의 흉내는 낼 수 있을 것이다.

죽음만이 억울하고 아픈 게 아니다. 죽음이 억울하고 아프기 전에 삶이 먼저 그럴 것이다. 이 시인-엄마는 죽은 자식에게 집에 가자고 하지만, 살아서도 정말 집에 가닿은 적이 있는 사람이 있을까. 집에 가서 진짜 집에 가서 편히 몸 뉘어 본 사람이 몇이나 될까. 그런 게 가능하기라도 할까. 그래도 나는 이 시인-엄마가 고맙다. 365일이 되던 날 처음 이 시를 누군가의 목소리로 대신 들었을 때, 나는 죽은 아이들보다도 내가 먼저 집에 가고 싶어 울었다. 죽은 아이들을 생각해서는 그다음에 울었다.

"집에 가자."

우리 서로 이렇게 말해 주기로 하자. 마음으로라도 그렇게 하자.

집에 가자, 다들 집에 가기로 하자, 살아 한 번도 가보지 못
한 그 집,

죽어서도 갈지 말지 할 그 집, 그리운 그 집으로 가자, 다들
함께 가자.

생의 진퇴유곡에서

어제오늘 연일 시집만 읽는다.

어제는 언제 보내왔는지도 모르는 손세실리아의 시집이 책상 위에 눈에 띄어 잠깐 손댔다가 내쳐 읽었고, 오늘은 어제 교보문고 갔다가 지난 금요일 〈한겨레〉에 최재봉이 서평을 올린 김사인의 새 시집 《어린 당나귀 곁에서》가 눈에 띄어 집어왔던 걸 집적대다가 결국 끝까지 읽었다. 손세실리아의 속사연 많은 삶의 흔적에 가위눌리면서도 어떻게든 눈앞의 삶을 얼기설기 엮어 긍정하며 살아보려는 선한 의지로 가득한 시들도 좋았지만, 역시 내게는 김사인의 부작위와 반의지의 시들이 더 와 닿는다. 손세실리아는 다섯 살 아래 동생뻘 여자이고 김사인은 두 살 위 남자 선배라서이기도 하지만, 아무래도 김사인과는 함께 겪은 일이 많아 굽이굽이 더 잘 감응이 되기 때문이리라.

길이 무너지고

모든 소리와 갈증이 다한 뒤에도

한없이 느린 배밀이로

오래오래 간다는 것이다.

망해버린 왕국의 표장(標章)처럼

네 개의 뿔을 고독하게 치켜들고

더듬더듬

먼 길을.

— 〈달팽이〉 중에서

개구리 한 마리가 가부좌하고

눈을 부라리며 상체를 내 쪽으로 쑥 내밀고

울대를 꿀럭거린다.

뭐라고 성을 내며 따지는 게 틀림없는데

둔해 알아먹지 못하고

나는 뒷목만 긁는다

눈만 끔벅거린다.

늙은 두꺼비처럼.

내가 아는 김사인은 느려터졌다. 그리고 자기도 그걸 아는 것 같다. 마치 이 시들의 달팽이나 두꺼비처럼. 나는 이렇게 느려터진 김사인을 보면 늘 화가 났다. 하지만 이 엄청나게 빨리 변해가는 세태 속에서 이렇게 느린 몸으로 살아가는 게 자기 자신도 얼마나 힘들고 괴로웠을까 생각하면 그저 화만 낼 수는 없다는 생각도 든다. 게다가 그 정신없이 빠른 세상은 이 느린 존재를 잡아채서 흔들다가 사정없이 패대기쳤다. 그리고 다시 어떻게 해보기도 전에 이제는 세월이 또 속절없이 흘러서 어느새 늙음이, 죽음의 그림자가 다가서고 있다. 진퇴유곡이다. 나는 이 진퇴유곡의 정경으로 이 시집을 읽었다.

이 진퇴유곡 속에서 김사인이 자기를 구해달라고 부르는 대상들이 있다. 고향, 어머니, 애인, 먼저 죽은 김태정, 박영근, 신현정, 여운 등 시인 예술가 친구들, 그리고 죽음 혹은 소멸 그 자체다. 죽음 빼놓고는 전부 과거의 것이다. 아니 따지고 보면 다 죽음이고 무덤이다. 고향도, 어머니도, 애인도 모두 돌아가고 싶은 자궁무덤 속이고, 죽은 친구들도 죽음 자체도 말할 것 없다. 그리고 현재 눈앞의 것은 전부 허깨비로 남는다. 김사인은 눈을 껌뻑거리면서 천천히 달팽이처럼 배밀이로 허깨비 같은 현재를 지나 무덤으로 무덤으로 나아간다.

귀 너머로 성근 머리칼 몇 올 매만져두고

천천히 점방 앞을

천천히 놀이터 시소 옆을

쓰레기통 고양이 곁을

지난다 약간 굽은 등

순한 등

그 등에서는 어린 새도 다치지 않는다

감도 떨어져

터지지 않고 도르르 구른다

남모르게 따뜻한 등

업혀 가만히 자부럽고 싶은 등

쓸쓸한 마음은 안으로 품고

세상 쪽으로는 순한 언덕을 내어놓고

천천히 천천히 걸어 조금씩 잦아든다

이윽고

둥근 봉분 하나

철 이를 눈도 내려서 가끔 쉬어가는

— 〈둥근 등〉

쓸쓸하다. 그나 나나 이 세상에서 이룬 것 없이 어느새 다 늙어버렸다. 밧줄인 줄 알고 붙잡으려던 것이 검불이 되고, 잠깐 열릴 듯하던 어떤 문도 가뭇없이 닫혀버렸다. 나는 몸이라도 빨랐지, 김사인은 배밀이로 천신만고 그 앞에 도달하는가 싶었는데 여기가 아니라고 돌아가라고 하니 얼마나 힘들었을까 싶다.

하지만 한편으로는 돌아갈 곳 있는 그가 부럽다. 고향도, 어머니도, 아직도 아슬아슬한 애인의 기억도 있는 그가 자못 부럽다. 내가 돌아갈 곳은 아스팔트 위, 내가 기댈 사람은 그저 지금 더불어 악다구니 속인 늙은 마누라, 내게는 그와 같은 옛 거처가 없다. 과거란 그저 지독한 현재의 추악한 뒷모습일 뿐, 조금도 아름다운 뒷모습으로 남지 않는다.

강철로 만든 노래비 하나

"이제, 타협과 길들여짐에 대한 약속을 통행세로 내고 나는 세계의 문을 지나왔다."

아내가 사는 서울집 부근 양지바른 야산 기슭에는 '북서울 꿈의 숲'이라고 부르는 2만 평 정도 되는 잘 정돈된 공원이 있다. 주말에 서울집에 가면 아내와 함께 그 공원 둘레에 조성된 숲길을 한 바퀴 걸어서 돌아오곤 한다. 굴곡이 완만하고 흙과 나무 데크가 적절하게 조화를 이룬 그 길을 천천히 걷는 한 시간가량의 아침 산책은 이제는 빼놓을 수 없는 주말의 즐거움이 되었다.

그런데 그 산책길의 정점이 되는 공원 상단부에는 재작년 불의의 의료사고로 아까운 목숨을 잃은 가수 신해철의 강철로 만든 노래비가 하나 서 있다. 그의 갑작스러운 죽음을 믿을 수 없었던 팬들이 데뷔 22주년이 되는 작년 12월 24일에 그가 유년시절을 보냈던 이 지역(강북구 번동 일대) 한 귀퉁이를 빌어 그를 기리는 마음을 모아놓은 것이다.

나는 신해철을 잘 알지 못했다. 1989년인가 무한궤도라는 그룹 소속으로 〈우리 앞에 생이 끝나갈 때〉라는 제법 근사한 노래를 들고 나왔었고 그 이후로는 넥스트라는 그룹을 이끌며 록음악을 주로 해왔던, 젊을 땐 아주 미소년형이었는데 종종 텔레비전 화면에서 점점 살이 부담스러운 중년의 모습으로 나타나 듣기에 좀 거친 말을 쏟아내는 그를 그저 물끄러미 바라봤을 뿐이다. 그리고 언젠가 제목이 기억나지 않는 그의 노래를 들으면서 곡에 들이는 정성을 좀 더 좋은 가사를 쓰는 데 더 들일 수 없나, 하는 생각을 했던 기억도 난다.

그가 노무현 전 대통령 서거 이후 추모행사에 나와 〈그대에게〉라는 노래를 부르는 것을 보고 그래도 좀 괜찮은 친구로군, 하는 생각을 했던 적이 있었다. 그 이후 그가 라디오 DJ를 하면서 정치적·사회적 문제에 대해서 꽤나 '진보적인' 생각을 피력하는 가수이고, 그런 그를 좋아하는 팬층이 상당히 두텁다는 것도 알게 되었다. 하지만 그의 노래를 찾아들을 정도로 그에게 관심을 가진 적은 없었다. 그의 타계 소식을 듣고도 그저 안타까운 일이군, 하는 게 고작이었다.

그런데 어제 내가 즐겨 보는 〈복면가왕〉이라는 텔레비전 프로그램에서 '음악대장'이라는 복면가수가 부른 그의 노래 〈민물장어의 꿈〉을 새삼 감명 깊게 들으면서 비로소 신해철이 내 편견과 다르게 가사를 꽤 잘 쓰는 친구였구나, 하고 생각하게 되었다.

좁고 좁은 저 문으로 들어가는 길은
나를 깎고 잘라서 스스로 작아지는 것뿐
이젠 버릴 것조차 거의 남은 게 없는데
문득 거울을 보니 자존심 하나가 남았네
두고 온 고향 보고픈 얼굴 따뜻한 저녁과 웃음소리
고갤 흔들어 지워버리며 소리를 듣네
나를 부르는 쉬지 말고 가라 하는

저 강물이 모여드는 곳 성난 파도 아래 깊이
한 번만이라도 이를 수 있다면 나 언젠가
심장이 터질 때까지 흐느껴 울고 웃다가
긴 여행을 끝내리 미련 없이

익숙해 가는 거친 잠자리도
또 다른 안식을 빚어 그마저 두려울 뿐인데
부끄러운 게으름 자잘한 욕심들아

얼마나 나일 먹어야 마음의 안식을 얻을까
하루 또 하루 무거워지는 고독의 무게를 참는 것은
그보다 힘든 그보다 슬픈 의미도 없이
잊혀지긴 싫은 두려움 때문이지만

(후렴)
아무도 내게 말해 주지 않는
정말로 내가 누군지 알기 위해

'꿈의 숲' 한 귀퉁이에 서있는 추모비에 적힌 그의 다른 노래 〈유년의 끝〉에서 "타협과 길들여짐에 대한 약속을 통행세로 내고" 지나온 세계의 문이, 이 노래에서는 다시 "나를 깎고 잘라서 스스로 작아져", "자존심 하나"만 남기고 겨우 통과할 수 있는 "좁고 좁은 저 문"으로 다시 표상되는 데서 보듯, 그는 세상과 타협하며 나이 들어가는 자신에 대한 강한 자의식을 가진 친구였던 것이다. "익숙해 가는 거친 잠자리도 또 다른 안식을 빚어 그마저 두려울 뿐인데"라는 구절 역시 그가 가지고 있던 세속화와 정체를 두려워한 '인생의 투사'로서의 면모를 잘 보여준다.

이제는 '꿈의 숲' 산책로를 걸으면서 한갓 일찍 요절함으로

써 망외의 성과를 얻은 대중가수가 아니라, 나름의 방식으로 세상과 싸워나갔던 한 예술가의 표상을 만나게 된 셈이다. 이제는 그의 노래를 좀 더 들어봐도 좋을 것 같다.

고갈되어 가는 존재들

최인석의 근작 《연애, 하는 날》을 읽었다.

지난 26~28일 3일 동안 인천에서 열린 'AALA문학포럼' 마지막 세션의 제목은 '오늘의 한국문학과 세계문학'이었다. 그 자리는 최인석과 김미월, 조해진 등 세 작가의 근작을 두고 각각 노지영, 오창은, 고인환 등 젊은 비평가들이 평문을 발표하고, 나와 조성면 두 사람이 총평하는 방식으로 진행되었다. 여기서 토론 대상이 된 최인석의 작품이 바로 《연애, 하는 날》이었다.

이 작품은 낡은 방식으로 말하면 부르주아계급과 프롤레타리아계급 사이의 노골적이고 야만적인 대립의 기록이며 아주 가차 없는 상호 파멸의 기록이다. 일말의 감상적 유보도 없는. 부르주아 집안에서 태어나 대물림 받은 재산을 바탕으로 빈틈없이 부동산 투기사업을 벌여 나가는 장우라는 인물과 그의 처남이면서 친구로 장우의 투기행각을 보조하지만 자신의 무분별한 욕망 때문에 룸펜적 지위로 전락하는 두영이라는 인물, 장우와 같은 고향 출신으로 기혼인 상태에서 장우와 걷잡을 수 없는 불륜의 늪으로 빠져드는 수진, 비정규직으로의 전락을 눈앞에 두고 다니던 기업에서 파업투쟁에 참여하다 투신하여 큰 부상을 입는 수진의 남편 상곤 등 네 명의 중심인물.

당연하게도 장우와 수진의 불륜행각은 얼마 지나지 않아 끝이 난다. 수진과 연애하는 동안 장우는 자신의 삶과 다른 삶, 다른 세계를 엿보고 언뜻 그 세계를 동경도 해보지만 결국은 가차 없고 냉혹한 방식으로 수진과 관계를 단절한다. 가족을 버리면서까지 장우와의 불안한 삶을 선택했던 수진은 장우와의 이별 이후 거의 생을 포기하다시피 하지만, 마지막에 상곤을 다시 만남으로써 생의 의지를 겨우 다잡게 된다. 상곤 역시 승산 없는 파업투쟁과 함께 모든 것을 다 포기하려 하지만, 결국 수진과 함께 다시 살아가는 길을 선택한다.

남은 것은? 부르주아 장우는 이 사건과 동시에 다가온 사업상의 위기 때문에 잠시 동요하지만 이내 다시 냉정하게 부르주아의 일상으로 복귀한다. 물론 그는 어느덧 돌이킬 수 없이 괴물로 변해버린 자기 자신을 발견하는 대가를 치러야 한다. 반면 어설픈 룸펜 부르주아 흉내를 내던 두영은 감옥으로 가고, 상곤과 수진, 프롤레타리아계급의 두 남녀는 다시 살아가게 되었지만 더 끔찍한 가난과 야만적 세계로의 전락을 피할 수 없다.

　적대적 계급 간의 사랑이 가능한가라는 물음은 근대소설의 오랜 주제다. 가능하다고 보면 멜로드라마가 될 것이다. 이 소설은 당연히 불가능하다는 쪽에 선다. 부르주아 편에서 본다면 그것은 잠시의 쾌락 이외에는 결과적으로는 어떤 이윤도 남지 않는 손해 보는 장사이기 때문이고, 프롤레타리아 편에서 보면 그것은 결국 노동 피착취의 연장에 선 성적 피착취의 경험 이상이 될 수 없기 때문이다. 이 사실을 작가는 냉혹하게 확인시켜준다. (물론 부르주아계급 여성과 프롤레타리아계급 남성 간의 연애는 처음부터 불가능하다.)

　이 소설의 메시지는 단지 그 사실의 확인에서 끝나지 않는다. 이 소설은 나아가 지금 이 세상에서 이 적대적인 두 계급의 대립은 어떤 화해도 어떤 개량적 해결도 불가능한, 서로가 서로를 괴물로 인식하는 상태에 놓여있음을, 가능하다면 그것은 혁명이나 그에 준하는 비약적 계기를 통과하지 않으면 안 된다는 것을 무엇보다 전편에 흐르는 하드보일드한 톤과 속도에 의해 웅변한다. 이 소설은 어떤 감상도 비집고 들어오지 못하도록 시종 거칠고 무자비한 속도감을 유지한다. 그 거친 속도감 뒤에 도저한 환멸과 분노가 가로놓여 있음을 눈치채기는 어렵지 않다.

이 소설은 《난쟁이가 쏘아올린 작은 공》의 2010년대 버전으로 읽힌다. 이미 AALA문학포럼 발제문에서 평론가 노지영이 굴뚝 청소부 모티프나 난쟁이의 투신 모티프, 뫼비우스의 띠 상징 등을 들어 두 소설 간의 상호텍스트성을 언급한 바 있다. 하지만 그보다 더 근본적으로 부르주아-프롤레타리아 두 계급 간의 적대적 모순관계를 기본 구조로 한다는 점에서나 사랑을 그 문제 해결의 시금석으로 설정한다는 점에서 두 소설은 많이 닮았다.

하지만 1970년대의 '난쏘공'은 사랑을 믿었고, 이 2010년대의 '난쏘공'은 사랑을 믿지 않는다. 사랑뿐만 아니라 두 계급 사이에 냉혹한 지배-종속 관계 이외에, 무자비한 착취-피착취 관계 이외에 어떤 비물질적 관계—화해, 타협, 용서, 연민, 동정 따위—도 믿지 않는다. 비록 이 소설이 절망적 결말에 이르는 대신 막연하나마 어떤 전망을 향해 열려있기는 하지만, 그 전망은 사랑이나 타협이나 동정에서 오는 것으로 보이지는 않는다.

그것은 노동계급 다음 세대인 수진의 딸 주미가 포함된 시내 한복판에서 벌어지는 플래시몹의 역동적 움직임이 희미하게 암시하는 다른 힘, 말하자면 보다 전면적이고 새로워 이전

방식으로는 잘 수용될 수 없는 제3의 어떤 힘에서 오는 것으로 보인다. 그것은 그 안에 물리적·정치적 힘을 포함한 보다 포괄적인 문화적 힘이기는 하지만 사랑 따위의 관념적인 힘은 아니다.

그러나 내 눈에 들어온 두 소설 사이의 가장 큰 차이는 이와는 다른 것이다. 《연애, 하는 날》을 읽는 동안 이 소설이 드러내는 대립의 이미지가 왜 유독 더 무자비하고 가차 없어 보이는가 생각하던 끝에, 나는 이 소설과 '난쏘공'을 구별하게 하는 결정적 차이를 발견했다. 그것은 이 두 계급 간의 투쟁에는 어떠한 중재도 매개도 작용하지 않는다는 사실이다. '난쏘공'에는 반성하는 중산층 신애가 있고, 학생운동가에서 노동운동가로 전신한 지섭이 있고, 동요하는 부르주아 윤호가 있다. 이들이 자본과 노동 사이에 끼어들어 부르주아들의 양심의 동요를 일으키고, 중산층을 공분하게 하고, 나아가 노동계급의 편에 서서 싸우게 한다. 그 때문에 '난쏘공'의 난제인 뫼비우스의 띠나 클라인 씨의 병은 난제인 동시에 희망의 근거가 되기도 한다.

하지만 《연애, 하는 날》에는 지섭도 신애도 윤호도 없다. 따라서 어떤 중재도, 제3지대도, 등거리 지점도 없다. 70년대와 80년대에는 있던 것, 중간계급의 완충적 역할이, 양심적 지식인과 운동가의 동반자적 투신과 헌신적 개입이, 그 사회문화적·정치적 존재감이 이 소설의 세계에서는, 이 작가의 시야에서는 깡그리 사라지고 없는 것이다. 그러므로 그 대립은 막막하고, 결코 적당한 지점에서 멈출 수가 없다. 갈 데까지 갈 수밖에 없는, 그리하여 더욱 허무적이고 마치 파국을 향해 미친 듯이 달려가는 것처럼만 보인다.

그것은 불행하게도 오늘 우리의 현실과 잘 부합한다. 90년대 이후 신애와 지섭, 윤호는 사회적으로 고갈되어가는 존재이다. 현실은 갈수록 극악해지지만, 그 극악성에 정면으로 맞설만한 이념적 지표도 그 이념을 운반하고 실천하는 사람들도 뚜렷하게 모습을 드러내지 못하고 있다. 나 역시 《연애, 하는 날》에 그런 '운동권' 캐릭터가 설 자리가 없었음을 고백하지 않을 수 없다. 그 40년 동안 한국의 이른바 변혁운동세력은 자멸하거나 기득권 세력화함으로써 연민/자기연민의 대상, 혹은 풍자의 대상으로밖에는 문학 속에 들어올 자리를 잃어버린 것이다. 바로 이 점이 이 소설을 읽는 나에게 제일 아프고 무서운 지점이며, 이 소설의 뒷맛이 쓰디쓴 가장 큰 이유다.

다시 노동문학

'노동문학'이라는 말을 피해 온 지 오래되었다. 늘 약간의 유보는 있었지만 30년에서 25년 저편 내게 모든 해방의 문학은 최종심급에서 곧 노동문학이어야 했다. '자본'의 시대에서 해방을 꿈꾸는 문학이 '노동'문학이 아닐 수 없다는 생각에서였다. 거기에 계급성, 당파성, 민중성이라는 사회주의리얼리즘의 성 삼위일체를 갖다 붙이면 노동문학은 곧 새로운 세계를 앞당겨오는 구원의 텍스트로 완성되곤 했다.

하지만 지금은 그렇지 않다. 이 세계에서 노동은 자본과 적대적 모순관계에 있지 않다. 오히려 자본은 자웅동체처럼 노동을 포섭해 나머지 타자들을 착취하고 재생산한다. 이 세계는 '성장'이라는 이름의 자본＋노동 결합체의 맹목적 난폭운전으로 인해 이제 더 이상 어떻게 해볼 수 없는 상태에 와있다. 더구나 노동도 더는 하나가 아니다. 그 안에는 수많은 위계와 차별이 있어서 그 내부에서 모순이 끝없이 전가될 뿐이다. 이런 상태에서 과거의 노동문학은 해방의 서사가 될 수 없다.

그럼에도 불구하고 이 세상은 고통스러운 노동과 비참한 노동자의 세계이다. 인구의 절대 다수가 시간당 6천 원의 한계임금 언저리에서 삶을 영위해 나가는 세계, 바로 그 때문에 모든 희망을 저당 잡히고 모든 미래에 맹목일 수밖에 없는 세계가 지금 이곳이다. 이 '노동현실'이 오늘의 비참을 낳는 가장 중요한 원천 중 하나임을 누구도 부인할 수 없을 것이다. 그러므로 지금은 다시 노동문학이 필요한 시대이다. 과거의 영광도, 역사도, 기원도 다 지우고 그 어떤 권위에도 의존하지 않는, 새로 출발하는 겸손한 노동문학이……

《실천문학》 봄호에 실린 이인휘의 소설 〈공장의 불빛〉을 뒤늦게 읽고 든 생각이다. 평생을 발버둥 쳐도 연봉 2천만 원을 넘을 수 없는 한계적 삶을 강요당하는 이 사람들, 그 어떤 영광도 명예도 없이, 어떤 희망과 기대에서도 완벽히 차단된 채로 삶이 곧 능욕인, 그저 연명하기 위해 모든 것을 견뎌내야 하는 사람들이 그래도 자신이 '인간'이기는 하다는 것을 어떻게든 증명하기 위해 피눈물을 흘려야 하는 상황을 이 소설은 놀랄 만큼 담담하게 보여준다.

이 담담함 때문에 나는 몇 번이고 눈물을 삼켜야 했다. 왜 소리 지를 수 없는가, 왜 울부짖지도 못하는가, 왜 숨죽여 눈물을 감춰야 하는가 하는 억울함 때문에. 하지만 나는 이 담담함에서 이 겸허함에서 깊은 울림과 힘을 느꼈다. 그 울림은 이 시대의 깊은 바닥에서 올라오는 깊디깊은 것, 영광과 모욕, 희망과 절망, 모든 대극을 다 비벼 넣고 주조한 청동의 종에서가 아니면 울려 나올 수 없는 그런 것이었다.

만일 노동문학을 다시 불러내야 한다면 이 지점에서부터일 것이다.

여기서 새로 시작해야 할 것이다.

어떻게 계속할 것인가

새벽부터 밤늦게까지 분주할 내일 일정이 무서워 아주 오랜만에 아무 데도 나가지 않은 하루. 종일 음악을 들으며 황정은의 《계속해보겠습니다》를 완독했다. 제자들, 젊은 문인들이 거듭 추천한 소설인데 오래 미적거리다가 어제서야 학교 도서관에서 빌려온 책이다. 작년 11월에 간행되어 아마도 작년 연말과 올 상반기에 꽤 화제가 되었던 모양이다.

가난 속에서 자라난 두 자매와 그 이웃집 청년이 서로 시점을 교대해가며 서술주체로 나서서 들려주는, 젊은 마이너리티들의 '덧없고 하찮은' 성장기라고나 할까. 일부러 그러려고 한 것 같지도 않은데 그들 이야기 속에는 정치적인 것은 물론, 일체의 역사적·사회적 맥락이 표상되어 있지 않다(이 점은 2000년대 이후 내가 읽은 한국소설의 거의 9할에 해당하는, 그리 새삼스러울 것도 없는 요즘 소설의 특징이다).

자기들 삶에 지속해서 가해지는 어떤 (굳이 부당하다고 인식하지는 않지만 그렇다고 호의적이라고 받아들일 수도 없는) 힘에 대해서 이 인물들은 체념적이라 할만치 극도로 소극적이고 수용적이다. 하지만 그 와중에도 최후의 '선함'을 지키고자 하는 안간힘은 버리지 않는다. 그래서 그 '힘'이 지배하는 세상의 논리가 두드러지게 폭력적이고 적대적으로 부감되어 보이기는 한다. 창백한 흰색과 대조하면 다른 어떤 색도 두드러지게 어둡고 강해 보이는 그런 효과와 같다.

그런데 여기까지다. 더 이상은 아무것도 없다. 이들 인생은 너무나 힘겨워 혼자 서 있기조차 쉽지 않아 보이는데, 그나마 부실하기 짝이 없는 가족 혹은 유사가족의 울타리만이 이들을 겨우 주저앉지 않게 부축해주는 형국이다. 그 외에는 아무도 그들을 돕지 않는다. 그리고 이 인물들의 의식 속에는 남이 자신을 도우리라는, 혹은 남에게 도움을 청하리라는 어떤 기대도 의지도 들어 있지 않다.

가히 '사회적인 것'의 제로 상태다. 그런데 인물들도 작가도 그것을 어떤 결여로 인식하지 못하고(않고) 있는 것처럼 보인다. "계속해보겠다"고 거듭 말하고 있지만, 그 계속은 무엇일까. 그것은 그저 견딤으로밖에는 보이지 않는다. 분명히 이 세상은 이렇게 '겨우 견디며 존재하는' '하찮고 덧없는' 인생들로 가득 차 있기는 하다. 그리고 요즘 소설은 이렇게 미미

한 존재들이 자신의 존재를 알리는 '최소 발화의 한 형식'에
머무르는 것으로 보인다.

　요즘 소설을 다시 읽어야 하는지, 아니면 말아야 하는지 가
늠이 잘 안 간다.

반갑고, 고맙다

엄마는 목요기도회를 다니면서 남산으로 끌려간 사람들이 어떤 고문을 당했는지 들었다. 고막이 터지고 늑골이 부러지고 정강이뼈가 꺾인 사람들에 대한 이야기를 들었다. 차에 치여서가 아니라, 절벽에서 떨어져서가 아니라, 사람이 사람에게 그렇게 했다는 이야기를. 엄마는 형부가 다리를 절게 되었다는 말을 담담하게 하는 이모를 제대로 바라볼 수가 없었다.

― 최은영, 《쇼코의 미소》, 문학동네, 113쪽

아침에 우족탕을 고면서 최은영의 소설 한 편을 다 읽었다. 《쇼코의 미소》에 실린 세 번째 작품 〈언니, 나의 작은, 순애 언니〉였다. 지난 가을에 무슨 돌발 사고처럼 몸에 이상 징후가 닥쳐와서 짧은 기간 동안 살이 7킬로그램이나 빠지는 등 좀 고생을 했다. 그 후유증으로 온몸의 골격과 근육이 많이 약해진 터라 아내는 내게 우족탕을 자주 권했다. 지난가을 이래 벌써 네 번째다.

아침에 일어나자마자 냉동실에서 꺼내 찬물에 담가두었던 우족 여나믄 덩이를 한번 끓여내고 다시 곰솥에 고는 동안이었다. 약해진 내 뼈를 위해 소의 다리뼈를 전기톱으로 도막내서 고아 먹어야 한다는 게 좀 끔찍하다 싶은 생각이 들 즈음인데, 고문으로 사람의 정강이뼈가 부러져나가는 이야기에 부딪치자 갑자기 눈물이 왈칵 쏟아졌다.

처음엔 엄마가 방문했을 때 온통 어질러진 집안 모습이 펼쳐지는 장면이 나오자 순애 이모가 결혼을 잘못해서 남편에게 가정폭력을 당했구나 싶었다. 헌데 그것은 이모부가 정보부 요원들에게 끌려가면서 남은 흔적이었다. 작품집의 첫 순서로 실린 표제작 〈쇼코의 미소〉를 읽을 때만 해도 요즘 젊은 작가들에게 낯익은 가정서사의 잘 만든 변주 정도로 생각했다. 그리고 한참이 되어서 어제 저녁에야 두 번째 수록작 〈씬짜오, 씬짜오〉를 읽었다. 이국에서의 한국, 베트남 두 가족의 만남과 헤어짐의 이야기 속에 베트남전쟁 중 한국군에 의한 양민학살이 배경서사로 가로놓여 있는 것을 보고 조금 놀랐다.

그리고 오늘 아침, 먼 친척 간 자매의 따뜻하면서도 쓸쓸한 일생에 걸친 자매애 속에 인혁당 사건이라는 역사적 비극을 교직해 넣은 이 작품을 읽으며 여러 번 가슴이 아프게 미어졌다. 그리고 이 80년대 생 작가가 자신에게는 한없이 낯설 것이 분명한 역사적 소재들을 마치 자기 경험인 양 자연스럽게 다룰 수 있다는 것에 무척 놀랐다.

아니, 놀랐다기보다는 고마웠다는 것이 솔직한 심정이다. 고맙다. 아직 남은 작품들을 다 읽지 못해 속단할 수는 없지만 이 작가에게는 사람살이의 고통과 슬픔을 바라보는 매우 간절한 따뜻함이 있고, 그것을 그 뒤안에 가로놓인 더 깊고 크고 먼 사회역사적 맥락과 연결 지어 생각할 수 있는 안목이 있는 것 같다. 그리하여 같은 세대의 다른 작가들이 흔히 빠져 있는 어떤 자폐적 나르시시즘을 벗어날 가능성이 그만큼 큰 것으로 보인다.

고맙고 또 반갑다. 이 작품집이 권여선의 《안녕 주정뱅이》와 함께 작가들이 뽑은 2016년의 소설로 선정되었다고 한다. 모두들 좋다고 하니 좋다고 한 요즘 작가들도 다 좋아진다. 실망과 좌절, 자폐와 침잠, 원망과 자해, 동요와 주저의 긴 터널을 지나 소설이, 문학이, 다시 돌아오고 있는 것은 아닌가 하는 내 생각은 나만의 엉뚱한 기대일까, 아니면 나만의 뒷북치기일까? 한물간 비평가의 가슴이 모처럼 설렌다.

나 자신에게 승리한다는 것

"내 분노는 사라져버렸다. 대신 그 자리에는 지독한 슬픔만이 남아있었다. 나는 아무도 죽이고 싶지 않았다. 나에게는 육체적으로도 그렇고 정신적으로도 나 자신을 죽일 힘밖에 남아있지 않았다. 하지만 나에게는 총이 한 자루도 없었다. 하다못해 칼조차 없었다. 독약을 살 돈도 없었다. 그러나 다행스럽게도 언제라도 굶어죽을 수는 있는 것이다. 전혀 배가 고프지 않았다. 죽기 싫다는 감정과 싸우느라고 완전히 지쳐버렸던 것이다. 나는 허해져서 정신이 오락가락하는 상태로 자리에 누워 있었다. 물에 빠져죽는 것이 쉽겠지만, 안타깝게도 북경에는 빠져죽을 만한 곳이 한 군데도 없었다. 나는 아름답고 맑은 조국의 강들을 떠올렸다. 그곳이라면 즐거이 뛰어들 텐데⋯⋯. 나는 바야흐로 죽음을 앞두고 조국 그대를—그대의 아름다운 강과 그대의 사랑스런 푸른 산을—떠올려본다. 그대의 자식은 나약하지만 삼천리강산은 튼튼하다. 우리가 모두 이국땅에서 죽더라도 삼천리강산만은 살아남으리라. 나는 내 피를—절망의 독이 스며있는, 결핵균이 섞인 썩어문드러진 내 피까지도—가지고 돌아가 내가 태어난 땅을 비옥하게 만들지 못하는 것이 안타까웠다. 그대를 위하여, 인류의 자유를 위하여 싸우느라고 내 몸은 망가져버렸다. 은혜를 모르는 낯선 이국땅에서 한 줌의 비료가 될 뿐 아무것도 남지 않았다. 심지어는 혼마저도 죽어버렸다. 남아있는 것이라고는 오직 스스로를 조속하게 깨끗하게 끝장내는 일 뿐이다. 죽으려는 의지는 아직도 남아있었다. 살려는 의지는 사라져 버렸다. 건강과 힘과 용기가 충만하던 영웅적 시절의 친구들이여, 나를 옛날 그대로 기억해주시오. 광동 코뮨에서도, 해륙풍에서도, 만주에서도, 감옥에서도 나는 죽지 않았다는 사실은 잊어주시오. 내 일부는 그런 곳에서 죽었고 일부는 그 어느 곳에도 묻히지 못한 채 쓰러져 있소. 이 너저분한 방에서 죽는 것은 오직 심장과 의지뿐이오. 그 나머지는 전투를 하다가 영광스럽게 희생되어 당신들과 인류를 위한 새 희망을 만들어냈던 거라오……."

— 김산/님 웨일즈, 조우화 옮김, 《아리랑》, 동녘, 1993, 개정2판, 249~250쪽

어쩌다보니 희망보다 절망이, 명예보다 욕됨이 더 많은 나라에서 태어나 살게 되었다. 젊은 날에는 그 절망을 희망으

로, 욕됨을 명예로움으로 바꿔보려고 무던 애를 써보기도 했지만, 그 절망과 욕됨의 뿌리가 그렇게 질기고 악착같은 줄은 미처 몰랐다. 광복 70년, 해방 70년을 운위하지만 겉으로나 속으로나 '아나 광복, 아나 해방'이다. 그야말로 '너희들의 천국'이다. 태극기 줄줄이 걸어놓은 풍경이 싫어서 관청 많은 큰 거리로는 일부러 걸음을 피해 다닌다.

그래도 때가 때라고 그 화석 혹은 박제가 되어버린 '광복'이며 '해방' 이전, 제국주의 지배자들에게서 '조국'을 구하기 위해 모든 것을 걸고 싸운 사람들에 대한 서사가 심심치 않게 떠돌고 있으니 그걸 다행이라고 해야 할까. 식민지 시대의 복제판 혹은 개정판에 불과한 지금 이 현실의 지배구조에 대한 질문을 괄호에 묶어둔 채, 70년 이전의 안전한 시공간을 빌어 벌이는 이런 저항투쟁 코스프레에 어떤 기대를 걸 수 있을까. 영화 속에서, 이런저런 관련 서사 속에서 벌어지는 '반역자 처단', '천민자본가 처단'은 현실을 되돌아보게 만드는 힘보다는 상징적 대리만족을 자폐적으로 소비하게 하는 힘이 더 큰 것이 아닐까.

이런 어찌 보면 지극히 상식적인 비판적 감각에 기대어 이런 저항 코스프레 현상을 일축하면서도 한편으로는 그나마 없는 것보다는 낫다는 생각도 들고, 나아가 나 자신도 슬그머니 그 70년 전의 시공간을 흘끔흘끔 엿보게 되는 것이다. 그리하여 너무 오래되어서 내가 정말 제대로 읽었는지 안 읽었는지 기억도 희미한 《아리랑》을 다시 꺼내 읽었다. 다시 읽어 보니 예전에도 읽은 것이 틀림없다. 하지만 그 시절과 같은 감흥은 일어나지 않는다. 혁명가 김산의 불퇴전의 삶과 죽음에 낭만적 동경을 투사하던 과거와 달리 이제는 참 단순명쾌한 삶이었구나 하는 생각, 내 표현대로 하자면 '신탁 받은 자의 삶'이었구나 하는 생각이 더 앞서는 것을 어쩔 수 없다. 어떠한 신내림의 삶도 불가능한 지금 이곳의 현실에서 김산의 삶을 읽는 것은 내게는 이제 동경의 확인이 아니라 하나의 거대한 질문이었다. 도달해야 할 지점을 가리키는 어떠한 지도도 명령도 없는데, 그렇다고 나날의 싸움을 포기할 수는 없는 이 상황은 무엇인가 하는.

김산은 이렇게 단언한다. "내 인생에서 오직 한 가지를 제외하고는 나는 모든 것에서 패배했다—나는 나 자신에게 승리했다"라고. 나 자신에게 승리한다는 말은 무엇인가. 그것은 자신을 해체해 어떤 주어진 주형 속에 들이부어 새로이 성형했다는 말일 것이다. 지금 내가 나 자신에게 승리한다는 것은 어떤 뜻인가. 텅 빈 공허에 나를 녹여 부으면 나는 그저 쏟아진 물처럼 흩어져 사라질 뿐 아닌가. 지금은 그런 단언조차 허락되지 않는 시대인 것이다.

육체적으로 정신적으로 완전히 고갈되어 죽음의 일보 직전까지 갔던 그는 그 상황을 저처럼 처절하게 그려냈다. 그야말로 고갈된 영육의 부르짖음이다. 하지만 서른두 살 청년의 가슴인지라 그 속에는 미련도 있고, 희망도 있으며, 영광의 기억은 황금처럼 남아 사라지지 않는다. 엄혹한 30년대의 황막한 대륙 한 귀퉁이에도 희망이며 영광이며 그런 것이 살아 있는데, 지금 이곳의 내게는 아무것도 남아있는 것이 없다. 그러나, 그럼에도 불구하고 이 모든 것을 수락하며 살고 싶지는 않다는 게 문제다. 그렇다면 나의 삶이란 어떤 전망도 없이 그저 살아있음을 확인하기 위한, 잘못된 것들 앞에서 어떻게든 무릎 꿇지 않기 위한 싸움의 연속에 불과한 것일까. 도루묵처럼 차마 다시 들여다보기 힘든 허접스러운 어떤 것이 되어버린, 이른바 '해방 70년'에 스스로 묻는다.

꽃은 경계에서 피어난다

모든 경계에는 꽃이 핀다, 고 어떤 시인이 노래했다.

하지만 나는 모든 꽃은 경계에 핀다, 고 바꿔본다. 가지 끝, 뿌리에서 가장 먼 쪽, 나무가 비바람에 시달려 휘어지고 더러 꺾이는 그곳, 한 발 더 내딛으면 허공인 그곳에서 꽃은 피어난다고. 주변일수록 경계일수록, 그래서 어디 발 디딜 곳 하나 없는 곳일수록 더 아름다운 꽃이 핀다고.

어제 〈서칭 포 슈가맨(Searching for Sugar Man)〉이라는 제목의 다큐멘터리 필름 한 편을 보았다. 즐겨 듣는 FM 영화음악 프로그램에서 무척 칭찬한 적이 있어서 기억하던 작품이었는데, 이제 개봉관 상영이 거의 끝나가는 것을 알게 되어 서둘러 볼 생각을 하게 된 것이다. 요즘 건강이 조금 좋아져 영화관에서 두어 시간 보내는 것이 좀 가능해지면서 오랜만에 영화 관람에 집중하게 된 덕도 있다. 어제 새벽같이 일어나 8시 반까지 학교에 가서 편입시험 감독을 마치고 부랴부라 다시 홍대 앞으로 달려와 3시 10분에 시작하는 이 영화를 겨우 볼 수 있었다.

1960년대 후반, 미국의 공업도시 디트로이트의 허름한 다운타운 카페 거리에 식스토 로드리게즈라는 멕시코계 싱어송라이터가 노래를 부르고 있었다. 그의 노래가 좋다는 입소문을 들은 음악 산업 관계자들이 그를 접촉해서 처음에는 〈Cold Fact〉라는 앨범을, 그 몇 년 뒤에는 다시 〈Coming from the Reality〉라는 앨범을 내게 된다. 첫 앨범이 완전히 실패했음에도 얼마 안 되어 두 번째 앨범을 낸 것은 가수의 과욕 때문이 아니라, 제작자들이 확신을 가질 만큼 그의 노래가 좋았기 때문이었다. 블루스적 요소가 강한 포크락이라고 할 수 있는 그의 노래는 동시대 아메리칸 포크락의 지존인 밥 딜런에 필적하는, 아니 그 가사의 깊이나 목소리의 울림에는 오히려 한 수 윗길이라고 할 수 있을 정도로 뛰어났다. 이 점을 제작자들 역시 모를 리 없었다.

하지만 음반은 처참하게 실패했다. 당시만 해도 흑인의 이름도 백인의 이름도 아닌 '로드리게즈'라는 라틴계 이름은 대중에게 너무 낯설기도 했고, 모두 그 실패의 이유를 불가사의하다고 할 만큼 또 다른 어떤 이유가 있었을 것이다. 아무튼 과장인지 모르지만 두 번째 앨범 같은 경우는 단 여섯 장만 판매되었다고 할 정도의 처참한 실패였다. 이후 식스토는 가수의 길을 접고 대중 앞에서 완전히 자취를 감춘다.

그런데 그의 노래는 70년대 중반부터 미국이 아닌 머나먼 남아프리카공화국에서 기적적으로 되살아난다. 1940년대 중반부터 아파르트헤이트를 유지해옴으로써 세계적으로 고립된 백인독재국가였던 이 나라에 우연한 기회에 그의 음반 하나가 유입된다. 그리고 그것이 반 아파르트헤이트운동을 펼치던 청년과 중산층 사이에서 점점 퍼져나가더니 나중에는 무려 50만 장이 넘는 대 히트를 기록하게 된다. 물론 정상적인 수입이나 저작권 절차를 밟은 게 아닌 남아공판 해적판이었다. 하지만 그의 노래는 억압과 금기로 가득한 남아공 사회를 풍자하고 질타하는 문화적 무기로 자리 잡아 반 아파르트헤이트 문화운동의 아이콘이 되었고, 남아공에서 그는 비틀즈, 사이먼앤가펑클에 비견되는 위대한 뮤지션의 자리를 점해갔다.

1990년대 초반 아파르트헤이트가 종식되고 만델라가 집권하면서 자유를 찾은 남아공에서 몇몇 음악인들이 마침내 이 전설적인 가수 식스토 로드리게즈를 찾아 나섰다. 남아공에서는 그가 마지막 콘서트장에서 권총자살을 했느니, 분신자살을 했느니 하는 루머가 횡행했다. 그래서 이들은 그 루머의 진위를 확인하고 그의 음악 인생의 전모를 밝힐 수만 있으면 다행이라고 생각했다. 그러나 그는 죽지 않고 살아있었다. 그가 활동했던 디트로이트에서 가수가 되기 전부터 해왔던 건설 막노동자로 일하며 노동자와 가난한 사람들을 위한 투쟁을 벌이면서 살고 있었다.

마침내 그를 찾아낸 남아공 음악인들은 1998년 봄, 그를 남아공으로 초청하여 대성황을 이룬 가운데 콘서트를 열었다. 남아공 사람들은 비로소 그들의 영웅을 만난 것이다. 그 후로도 그는 무려 30회에 걸쳐 남아공에서 콘서트를 열었다. 그 과정에서 자신을 끝내 찾아낸 남아공의 젊은 음악칼럼니스트는 그의 딸과 결혼해 그의 사위가 되기도 했다. 하지만 이런 사실은 미국에서는 그저 디트로이트 지역신문의 가십거리에 지나지 않았다. 그는 공연수익을 모두 자녀들 혹은 이웃들에게 나눠주고, 여전히 디트로이트의 낡은 노동자 주택에서 검박한 삶을 살고 있다.

영화는 이런 내용을 그의 노래와 함께 관련자들 인터뷰와 관련 영상을 엮어서 담담히 펼쳐나갔다. 하지만 영화의 카피가 말하는 대로 이 영화가 보여주는 "미국에선 제로, 남아공에선 히어로"인 그의 극적인 음악 인생은 감동적인 카타르시스를 불러일으킨다. 대다수의 관람평이 말해주듯 그가 처음

남아공의 열광적인 청중 앞에 섰던 첫 남아공 콘서트의 기록 화면이 전개되는 순간, 이 필름을 보는 사람들은 말할 수 없이 벅차오르는 감동을 겪을 수밖에 없다.

실패한 앨범 단 두 개를 남기고 사라진 가수가 자신의 이름을 열광적으로 연호하는 수천 관중 앞에서 다시 노래를 부르는 이 극적인 반전 앞에서, 사람들은 음악의 위대함과 인생의 불가사의함이 만들어내는 기적과도 같은 아름다움의 충격을 느끼지 않을 수 없었다. 나 역시 이 순간에 걷잡을 수 없이 눈물이 흘러나와 창피한 줄도 모르고 아예 손수건을 꺼내 하염없이 흐르는 눈물을 닦아냈다.

하지만 내 눈물은 이 인생역전의 기적적인 드라마에서 온 것만은 아니었다. 나는 그 첫 남아공 콘서트 장면에서 그야말로 경계에서, 주변에서 꽃이 피는 황홀한 순간을 본 것이다. 미국 자동차공업의 메카인 디트로이트에서 잡역부로 일하기 위해 멕시코에서 건너온 이주노동자의 아들이 건물 철거, 수리, 폐자재 정리, 쓰레기 청소 등 도시의 온갖 막노동을 대를 이어 겪으면서 바라본 아메리칸 디스토피아의 모습을 기막힌 선율에 담아 노래했다. 하지만 저항의 노래에조차 인종적·계급적 차별이 엄존하는 미국 주류사회에서 철저히 버림받은 그와 그의 노래는 잊혀갔다. 그리고 그 노래의 주인공은 노래

대신 해머와 삽과 질통을 매고 디트로이트의 뒷골목을 떠돌면서 미국사회의 최주변, 최저층의 사람들과 연대하고 싸우는 삶, 더럽지만 존엄한 삶, 고통스럽지만 강인한 희망의 삶을 운명처럼 담담하게 혹은 담대하게 살아나갔다. 한편 또 다른 세계의 주변, 남아공 민중들은 미국에서 그의 노래가 잊혀갈 동안 아파르트헤이트와 반민주적 독재에 맞서 싸우면서 극적으로 그의 노래를 부활시켜 자신들 투쟁의 양식으로 삼았고, 그의 노래는 남아공의 고난과 희망을 대변하는 상징이 되고 있었다. 마침내 1998년 3월, 남아공의 케이프타운에서 이 두 개의 뜨거운 경계가 만나 하나의 꽃으로 다시 태어난 것이다.

진정 위대한 것은 이처럼 밑바닥으로부터, 주변으로부터, 경계로부터 서서히 움터 나와 비로소 어느 날 갑자기 터지듯 나타난다. 내 걷잡을 수 없는 눈물은 말하자면 이 기적에 바치는 헌정의 눈물이었다. 식스토 로드리게즈는 자신을 사랑하는 남아공 민중들에게 가서 노래했지만, 그 때문에 디트로이트를 떠나지는 않았다. 그는 남아공 사람들 때문에 말년에 약간의 금전적 여유가 생겼지만, 그 때문에 그가 사랑한 사람들 곁을 떠나지 않았다. 그가 사랑하는 것은 오직 디트로이트 빈민가의 이주민들, 노동자들이었고 그의 영혼의 거처인 낡고 좁은 노동자 주택이었기 때문이다. 이 영화에서 내게 가장 길게 남는 미장센은 그가 구부정한 몸을 하고 눈 내려 질척이는 디트로이트 자기 집 앞 골목을 걸어 나왔다가 다시 그 골목을 걸어 집으로 들어가는 장면이다. 나는 그 순간 나 자신을 향해 묻지 않을 수 없었다. 너의 영혼의 거처는 어디인가? 네가 진정 사랑하는 것은 누구이며 무엇인가? 너에게는 결코 떠날 수 없는 어떤 것이 과연 있기나 한 것인가?

* 저주와 축복을 동시에 받은 그의 앨범 두 장을 초판 LP 상태로 구할 수 있을까 해서 영화를 보고 와서 바로 이베이를 검색했지만, 그 초판 LP 가격은 이미 희귀 음반 반열에 올라 장당 200달러 이상으로 값이 뛰어 있었다. 꿩 대신 닭으로 리마스터링한 시디 두 장을 찾아 주문하면서, 나는 그 같은 삶을 사는 게 아니라 이렇게 문화적으로 소비하는 게 고작이구나, 하는 생각에 문득 비감해지지 않을 수 없었다.

조지 오웰

  가히 조지 오웰의 발견이라고 할 만하다. 지난 4월에 《나는
왜 쓰는가》와 《위건 부두로 가는 길》을 읽었고, 이번에 이
《카탈로니아 찬가》를 읽고 나니 이제는 그에 대해 글 한 줄
쓰지 않으면 안 되겠다는 생각이 들었다. 오래전 《동물농장》
과 《1984》를 읽었을 때와는 또 다른 감흥이다. 나는 그의 소
설보다 에세이가 더 좋다. 어떻게 보면 그의 문명(文名)을 널
리 알린 이 두 편의 소설은 그의 이 에세이를 우화로 바꾼
것에 불과하다고까지 할 수 있다.

  그의 글은 무엇보다 사태의 본질에 직핍하는 힘이 있다. 그
는 어떤 교조, 편견, 관습, 권위 등에 힘입어서 현실에 주석을
다는 방식이 아니라, 자신이 경험한 팩트 자체를 그대로 드러
내고자 노력한다. 그 팩트가 그가 알아왔던 사전 지식이나 신
념과 충돌할 때 그는 과감히 팩트가 말하는 날것의 진실을
택한다. 그것은 《위건 부두로 가는 길》과 《카탈로니아 찬가》

가 다름 아닌 그의 직접 경험을 기록한 르포르타주라는 점에서 더 두드러지게 나타난다. 그의 글은 그가 맞닥뜨렸던 날것의 진실을 최대한 관념적 가공 없이 전달해준다.

한편 그러면서도 그의 글은 냉정한 관찰자의 글이 아니라 뜨거운 개입자의 글이고, 확고한 신념을 가진 자의 당파적인 글이다. 그는 민주적 사회주의자로서의 강한 당파성 위에서 글을 쓴다. 그는 인간은 자유롭고 평등한 존재이며, 존재여야 한다는 절대 원칙 아래서 모든 사물과 사태를 본다. 하지만 이 신념과 당파성은 그가 지닌 팩트 자체에 대한 정직성과 충돌하지 않는다. 왜냐하면 그의 신념과 당파성은 어떤 교조와도 무관한 것이기 때문이다. 그는 그가 생각하는 민주적 사회주의의 원칙에 의해서 시비를 가르고, 그 원칙과 이상에 미달하는 모든 것을 철저하게 비판한다. 그 과정에서 그가 적대해 마지않는 부르주아지는 물론이고 그와 같은 편이라고 하는 현실의 사회주의자, 공산주의자 혹은 노동계급의 민중, 그리고 자기 자신조차도 가차 없는 비판의 대상이 된다. 이 점이야말로 그의 에세이를 비판적 박진감과 통쾌감에 가득한 것으로 만드는 최대의 미덕이다.

게다가 그의 글은 뛰어난 유머 감각까지 갖추고 있다. 그는 그가 겪는 최악의 상황까지도 유머의 대상으로 만드는 여유를 가지고 있다. 여유와 거리 감각이야말로 유머 감각의 원천 일진대, 그는 그렇게 뜨겁게 자기 시대의 현장에 온몸을 부딪쳐나가면서도 그 속에서 늘 여유와 거리 감각으로 세계와 인간에 대한 '미적 거리'를 유지한다. 어쩌면 바로 이것이야말로 그가 투사가 아니라 예술가, 기자가 아니라 작가가 될 수밖에 없었던 이유일 것이다.

스페인내전이 스페인 인민전선 정권에 대한 파시스트 프랑코 일파의 반란전쟁이기 이전에 사실은 스페인 노동계급의 혁명전쟁이었고, 혁명을 원하지 않았던 유럽의 부르주아 국가들과 소비에트 스탈린 정권의 그에 대한 반혁명전쟁이기도 했다는 사실은 이제 어느 정도 공공연한 사실이 되었다. 하지만 적어도 조지 오웰이 이 책을 써서 출판한 1937년 당대에 이러한 사실은 일종의 금기였을 것이다. 바로 그렇기 때문에 이 《카탈로니아 찬가》는 놀라운 책이 아닐 수 없다.

이 책은 우선 바르셀로나를 중심으로 한 인민전선 정권이 장악하던 카탈로니아 지역 내 온갖 성격의 노동자 조직과 정치집단, 그리고 노동자 군대와 의용군, 파시스트 군대, 국제여단, 치안대 등의 동향과 전쟁 전개 상황에 대한 상세한 기록이다. 그리고 동시에 한 외국인 의용병이 전선과 후방에서 경험한 스페인내전의 현실에 대한 날것의 증언이다. 그리고 그

증언이 가리키는 것은 스페인내전이 유럽 최후의 계급혁명 전쟁이자, 소비에트 러시아와 현실 공산주의의 타락상을 가장 극명하게 보여준 사건이라는 사실이었다.

한편 이 책은 이러한 스페인내전의 본질과 거기 수반한 추악한 진실에 대립하여 노동계급의 힘이 잠시나마 만들어냈던 해방된 카탈로니아 지역의 혁명적으로 변화한 사회문화적 분위기와 전쟁에 자진해서 참가한 노동자들과 외국인 용병들의 헌신과 용기를 너무 유난스럽지 않게, 오히려 때로는 약간은 유머러스하게, 그러므로 오히려 더 감동적으로 그려낸다. 또 자신의 용기와 의지박약, 정치성과 탈정치성을 가감 없이 덧붙임으로써 이 국제적 내전이 그 실패에도 불구하고 오히려 인간에 대한 무한한 신뢰와 희망을 보여준 전쟁이기도 했다는 것을 증언한다.

한때 우리에게도 무장투쟁이 하나의 꿈이었던 시절이 있었다. 한국전쟁 전후의 빨치산들은 우리에게 먼 전설 같은 것이지만, 흔히 윤상원으로 표상되곤 하는 광주민중항쟁 마지막 지도부의 모습은 우리의 그 숨은 꿈 때문에 더욱 극적으로 기억에 남아 있을 것이다. 하지만 정말로 총을 들고 나가야 할 상황, 그리고 어떤 이름 없는 골짜기, 이름 없는 거리에서 정말 사랑도 명예도 다 버리고 무명의 전사로 죽어가야 하는 상황이라면 어쩔 것인가, 라고 스스로 열 번 정도 묻는다면 내 경우 한두 번이나 그러겠다고 대답할 수 있을까 싶다. 그래서 혁명이건 혁명전쟁이건 총을 들고 그 전선에 선 모든 사람에 대해 나는 늘 극단적인 열등감을 느껴왔다. 그런데 조지 오웰은 그런 순간이 오자 주저 없이 총을 들고 나섰고, 굳이 살아남고자 발버둥 치지도 않았고, 또 살아남아서는 그 살아남음에 값하는 빛나는 증언을 했다. 이 사실만으로도 나는 조지 오웰을 무엇보다 《카탈로니아 찬가》의 작가로서 오래 기억하고 싶다.

그녀들에게

나희덕 시인이 그림이 있는 시선집 《그녀에게》를 보내왔다.
시인 말대로 '사이렌의 얼굴과 누슈(女書)의 흔적', 시인 안에
들어 있는 여러 여자들의 말이 들려오는 듯한 책이다.

내 말이 네게로 흐르지 못한 지 오래되었다

말은
입에서 나오는 순간 공중에서 얼어붙는다
허공에 닿자 굳어버리는 거미줄처럼

침묵의 소문만 무성할 뿐
말의 얼음조각들이 여기저기 흩어져 있다

이따금 봄이 찾아와

새로 햇빛을 받은 말들이

따뜻한 물속에 녹기 시작한 말들이

들려오기 시작한다, 아지랑이처럼

물오른 말들이 다른 말을 부르고 있다

부디,

이 소란스러움을 용서하시라

　— 〈이따금 봄이 찾아와〉

　여자들은 늘 말을 다 하지 않는(못한)다. 언제부터인지는 확
실하지 않지만, 남자들은 말을 하게끔 만들어진 존재이고 여
자들은 말을 하지 못하게(안 하게)끔 만들어진 존재인 것 같
다. 나는 여자들과 말을 나눌 때마다 그들이 나와 같은 화제
로 말을 하더라도, 공명하고 공분하고 공감하고 정말 잘 통한
다고 느낀다 하더라도, 그들에게는 늘 무언가 하지 못한 말,
아니면 더 하고 싶은 말, 아니면 적어도 나와는 다른 방식으
로 하고 싶은 말이 남아있는 것은 아닌가 느끼곤 한다.

　내 앞에서 웃고 있는 그들이 사실은 울고 있을지도 모른다
는 것을, 내 앞에서 끄덕이고 있는 그들이 사실은 고개를 외
로 틀고 있을지도 모른다는 것을 나는 이 나이가 되어서야

조금씩 깨닫게 된다. 아니 바로 그것이 그들의 진짜 언어인지도 모른다. 시인의 말처럼 그들에게 세상은 언제나 봄이 아니어서, 그들의 말은 언제나 조금씩 얼거나 굳어져 나오기 때문에 진짜 그들이 하고 싶은 온전한 말은 언제나 침묵의 형식으로 전해지는 것인지도 모른다.

살아오면서 나를 사랑한다고 믿었던 여자가 사실은 나를 죽도록 증오하고 있었다는 사실을, 나와 같은 뜻이라고 믿었던 여자가 사실은 내 의견에 필사적으로 반대한다는 사실을 깨닫지 못한 일이 얼마나 많았던가. 말을 하도록 허락된 자, 온 세상 말이 곧 자기 말이기도 한 남자들은 말을 금지당한 자, 온 세상 말이 자기에게 낯선 말인 여자들에게 말을 못 알아먹는다고, 말을 듣지 않는다고, 엉뚱한 소리를 한다고, 원래 그렇게 생겨먹었다고 말하기 일쑤다.

하지만 그들이 수만 년 동안 침묵 속에서 혼자서 혹은 자기들끼리 가꾸어 온 억만의 말이 있다는 것을 남자들은 모른다. 나도 물론 그 말을 다 헤아려 들을 귀를 여태 갖지 못했다. 하지만 그들의 그 침묵의 말에 귀를 기울이는 심정으로 이 시집을 연다. 그래야 마땅할 것 같다. 그리하여 비로소 '소란스럽게' 들릴 그들의 말을 엿들어야 할 것 같다.

미야자키 하야오

내가 좋아하는 미야자키 하야오의 새 애니메이션 〈바람이 분다〉가 한국에서 곧 개봉될 모양이다. 하지만 이 작품이 태평양 전쟁 시기를 배경으로 한데다가 일본의 전투기 '제로센'을 설계한 호리코시 지로라는 인물을 주인공으로 삼고 있다는 것 때문에 말이 많은 모양이다. 그가 요즘 아베정권의 헌법 개정 움직임이나 과거사 문제 등에 대한 거침없는 '개념찬' 발언으로 한국 사람들의 점수를 많이 따고 있는 중에 이런 애니메이션을 만들어 내놓은 탓이다.

작가나 비평가들이 자신과 정치적 입장이 다르거나 부정적인 인물을 형상화나 비평의 대상으로 삼는 것은 드문 일이 아니다. 그 대상을 꼭 비판하고 응징하기 위해서만이 아니라, 호기심 혹은 심지어 알 수 없는 매력을 느껴서 그런 경우도 적지 않다. 내 경우도 비록 비판적 기조를 유지했지만 그들에게 끌리는 구석이 전혀 없었다면, 굳이 이문열이나 조연현을 비평 대상으로 삼아 애써서 그토록 긴 글을 쓰지는 않았을 것이다.

하지만 이번 작품에서 미야자키 하야오는 (아마도) 호리코시라는 인물을 부정적으로 다룬 것 같지는 않다. 오히려 이 작품은 그에 대한 오마주에 가까울 것이다. 호리코시가 만든 것은 분명 전투기이고 그 전투기는 일본제국주의의 대량 살상무기로 수많은 사람의 피를 흘리게 했다. 미야자키 하야오의 평소 신념이나 작품 세계에 비추면 그가 이런 이력을 지닌 인물을 미화하는 것은 분명히 이례적이다. 게다가 그는 납득할 수 없는 궁색한 변명을 내세워 이 작품을 두둔하고 있다.

왜일까?

미야자키 하야오의 전작을 아는 사람들은 그가 공중을 나는 일, 혹은 비행체에 대해 특별한 애착을 가지고 있음을 잘 알 것이다. 〈바람계곡의 나우시카〉, 〈천공의 성 라퓨타〉, 〈하울의 움직이는 성〉, 〈이웃집 토토로〉, 〈마녀 배달부 키키〉가 그렇고 〈붉은 돼지〉는 아예 비행사가 주인공이다. 그의 큰아버지가 비행기 회사를 경영했고 아버지가 그 회사의 공장장이라는 가족사적 이력이 크게 작용했겠지만, 무엇보다 그의 작품 속에서 하늘을 나는 일은 자유와 해방의 상징처럼 다가온다. 전공투 세대에 대한 송가라고 할 수 있는 〈붉은 돼지〉의

엔딩부분을 보면 '젊은 그들'이 피땀 흘리며 비행기를 만들어 하늘로 날리고자 하는 스틸컷이 나온다. 그만큼 그와 비행기 혹은 비행은 내적으로 깊이 연루되어 있다.

사람에게는 누구나 그런 부분이 있다. 남에게 합리적으로 설명할 수 없는 어떤 생애의 집착 같은 것 말이다. 그것을 이겨내는 것도 사람이지만, 이겨내지 못한다고 비난할 일은 아니다. 미야자키 하야오 자신도 아마 제로센을 만든 호리코시를 미화하는 자신의 어떤 부분이 어리석고 미성숙해 보였을 것이다. 그럼에도 불구하고 그는 그 생애의 집착을 강행하고 말았다. 아마도 그동안 두드러지게 정치적 발언을 해오지 않았던 그가 최근 들어 갑자기 아베정권의 행태를 표 나게 비판하고 나선 이면에는 자신의 이 납득할 수 없는 집착에 대한 방어, 혹은 보상심리가 작용하고 있었는지도 모른다.

나는 이번 일로 미야자키 하야오를 비난할 생각이 없다. 수미일관성이란 것은 인간에게 친숙한 본질이 아니기 때문이다. 오히려 자기 자신을 구성하는 모든 것이 서로 앞뒤가 안 맞고, 모순되고, 배리를 일으키는 것이 인간의 본질에 가깝다. 중요한 것은 그 모순과 배리를 그대로 온존시키거나 합리화하지 않고 시간과 더불어 그러한 자기 안의 모순과 배리를 깨닫고 그것을 넘어서려고 노력하는 것이다. 그런 점에서 나는 미야자키 하야오가 기왕의 은퇴 의사를 뒤집고 다시 한층 성숙한, 아니 성숙까지는 아니더라도 이번 일과 같은 자신의 한계를 넘어서는 좋은 작품을 새로 만들어 냈으면 하는 생각이다.

또박또박 따라 적을 것

대학 때부터 마르크스를 비롯한 서구의 철학과 사상에 오랫동안 길들여온 데다가, 공맹(孔孟)의 생각은 계급사회를 합리화하는 봉건사상에 불과하다는 별 근거 없이 주입된 편견까지 더해서 아예 '동양사상' 전반에 대해서 완벽한 무지상태로 살아왔다. 그리고 더 나쁜 것은 그것을 별로 부끄러워하지도 않았다는 것이다. 대학원 시절 민족문화추진위에서 하는 논어강좌를 한 학기 정도 수강한 적이 있었지만, 오랫동안 신체에 각인된 반 전통의 체질 때문인지 태반은 조느라고 솔직히 고백하면 뭘 공부했는지도 전혀 기억나지 않는다.

게다가 백낙청 선생이 언젠가 나 같은 버릇없는 후학들을 두고 지적했듯 '마음에 스승이 없는' 천둥벌거숭이의 젊은 날을 보낸 통에, '혁명가의 교리'나 '조반유리(造反有理)' 같은 온통 저항과 거부의 윤리학만을 마음에 두고 살았다. 그래서 누구에게 세상에 대해 제대로 된 도리를 하도록 나 자신을 닦아나가는 어떤 수신지계(修身之戒)를 받은 기억도 없다. 만일 내가 지금 그래도 이 나이의 사람다운 예의나 도리를 하는 척이라도 하는 것처럼 보인다면, 그것은 다행히 주변에 늘 있었던 훌륭한 인격들에게서 순전히 곁불 쬐듯 배워온 눈칫밥 덕분일 것이다.

그런데 살다 보니 사람의 도리라는 것이 분명 있고, 나라는 사람이 무엇을 하고 무엇을 하지 말아야 하는가에 대한 판단을 언제나 제대로 하는 사람이 아니라는 생각이 점점 더 절실해진다. 세상살이가 요즘처럼 팍팍하고 온통 적대적인 정글 속이 되어갈수록 더욱 그렇다. 마음속에 천하를 도모할 대계를 가지고 있다고 해도, 아무리 세상을 놀라게 할 재능을 가지고 있다고 해도, 먼저 사람이 되지 않으면 아무 소용이 없다는 것의 실례를 우리는 너무나 많이 목도하고 있지 않은가. 천하의 천둥벌거숭이로, 이른바 '아버지를 죽인' 자발적 고아로 살고 싶었던 청년기를 지나고 나이를 먹어가는 동안 뭘 해도 상관없으니 사람 못됐다는 소리는 어떻게든 듣고 살지 말아야 하겠다는 생각이, 아니 어쩌면 설사 아무것도 하지 못하는 필부로 살더라도 사람 노릇은 하고 살아야 한다는 생각이 더 커진다.

그런데 그 사람 노릇을 제대로 한다는 것이 그저 경험과 눈치만으로는 다 안 된다는 게 문제다. 거기에도 공부가 필요하다. 그래서 나는 공맹과 노장(老莊)에 조금씩 관심이 생긴다. 물론 만시지탄이다. 그리고 공맹과 노장을 필두로 한 이른바 동양고전이 한갓 수신 교과서가 아닌 거대한 하나의 우주임도 물론이다. 그리고 거기서 수신지계를 배운다 할지라도 그 안에 들어 있는 악성의 봉건유제나 낡은 세계인식의 흔적을 면밀히 변별해내지 않는다면, 이건 영락없이 미래를 위한 공부가 아니라 이제 그저 적당히 주저앉아 잔소리나 해대자는 꼰대질을 위한 허황한 장식밖에는 되지 않을 것이다. 그럼에도 불구하고 나는 그 공부가 필요하다고 믿는다. 거기에는 누천년의 축적된 지혜가 들어있다. 오직 게으름이 문제일 뿐이다.

오늘 나의 멘토이자 직장 동료이자 선배 교수인 김영 선생님 연구실에 차 한 잔 마시러 갔다가 새로 내신 책 한 권을 선물 받았다. 《고전 필사》(청솔)라는 책이다. 공자를 비롯한 중국 사상가들과 박지원, 정약용, 장일순, 신영복 등 우리나라 고금의 동양 사상가들의 금언을 하나씩 소개하고 이를 읽는 이가 옆 페이지에 다시 한번 필사하며 새길 수 있도록 만들었다. 좀 유치하다고 아들딸에게나 갖다 주라고 하시는 걸 나도 하나 더 달라고 해서 얻어왔다. 책을 펼쳐 몇 장 넘기지도 않아서 공자의 이런 말씀이 눈에 들어왔다.

"邦有道, 貧且賤焉, 恥也. 邦無道, 富且貴焉, 恥也."

나라에 도가 있을 때에 빈천한 것은 부끄러운 일이며, 나라에 도가 없을 때 부귀한 것 또한 부끄러운 일이다(선생님 해석을 내가 조금 더 간결하게 줄였다).

지금과 같은 세태에 매우 적절한 금언이 아닐 수 없다. 마음속에 이런 생각을 굳게 가지고 사는 사람도 없지 않을 것이다. 나 역시 제대로 실천은 못하지만 그렇게 살아야 한다는 생각만은 어렴풋이나마 가지고 있다. 하지만 누가 이렇게 간결하고 적확한 몇 마디 말로 폐부를 찔러오는 말을 해줄 수 있을까(게다가 '공자님 말씀'이라는 천 년의 권위가 실려 있는 말이 아닌가).

나는 이제 막 글을 배우는 학동처럼 옆 페이지 빈칸에 이 말씀을 따라 적었다. 필사할 기회가 별로 없는 세상이라 악필, 졸필이지만 그래도 나름 마음을 모아 한글 해석 글과 한자까지 새기듯 한 자씩 또박또박 써 보았다. 기분이 썩 괜찮아진다.

우리는
인간인가

조국은 없다

그들이 너의 조국이 어디냐고 묻는다.

미안하지만 '대한민국'은 아니라고 대답한다.

그러면 '조선민주주의인민공화국'이냐?

물론 그것도 아니다.

내게는 조국 같은 것은 없다.

나는 나라 같은 것 섬기지 않는다.

도무지 아무것도 섬기지 않는다.

그냥 여기서 태어나 살아가고 있을 뿐이다.

오래 전부터 이렇게 말하고 싶었다.

말 새로 배우기

"진정한 민주주의를 위해서 희생이 필요하다면 감당하겠다."

이 말을 남기고 세상을 떠난 부산대 국문과 고현철 교수를 나는 잘 알지 못한다. 직업적으로 나와는 아주 가까운 동류의 사람이었지만, 그의 얼굴도 그의 생각도 그의 생애도 잘 알지 못한다. 다만 내 앞에는 그가 마지막 남긴 말만 있을 뿐이다. 나는 왜 대학교수인 그가 한국근현대사 전체를 통틀어 그동안 어느 대학교수도 선택하지 않았던 방식으로 자신을 희생하기로 했는지 알 수가 없다. 그것을 이해하기 위해서는 그가 남긴 말을 찬찬히 되새기는 수밖에 없다.

'진정한 민주주의'— 그가 생각한 진정한 민주주의란 무엇일까? 아마도 국립대 총장 정도는 직선으로 뽑든 간선으로 뽑든 그 구성원의 선택에 맡길 수 있는 민주주의일 것이다. 그 정도가 '진정한' 것일까? 그것은 '기본적인' 것이지 진정한 것은 아니다. 그런데 그는 그것을 '진정한 것'이라 부를 수밖에 없었다. 세상이 그렇게 되어버렸다. 기본적인 것이 진정한 것으로 바뀐 절벽 같은 세상이 되어버린 것이다.

'희생' — 이 절벽 같은 세상이 '생활'이어야 할 것을 '실천'으로 바꿔버렸고, 실천이면 될 것을 '희생'으로 강제해버렸다. 이 땅의 모두에게 '기본적인 민주주의'는 어느샌가 일상적으로 영위하는 것이 아니라 실천하지 않으면 안 되는 것이 되어버렸고, 마침내 희생과 맞바꿔야 하는 엄청난 대상이 되어버렸다.

'감당' — 그가 감당하고 감당해야 할 것은 학자이자 선생으로서 공부하고 가르치는 일, 여느 지아비나 아비들처럼 식솔을 돌보는 일이었다. 하지만 그는 자신이 감당해야 할 이 일 대신 그 희생을 감당하기로 했다. 그는 왜 그 다른 차원의 '감당'을 선택해야 했을까? 그는 돌올하게 앞장서는 종류의 사람은 아니었다고 들었다. 그런 그가 이처럼 다른 감당을 선택했다. 그것은 역설적으로 이러한 감당이 이제는 특별한 사람의 몫이 아니라, 생활이 실천이고 투쟁이고 희생이 되어버린, 그저 제정신을 가지고 살기를 원할 뿐인 보통 사람의 몫이 되어버렸다는 것을 일러준다.

그런데 나는 과연 그가 목숨과 바꾸어 남긴 말을 잘 이해하기는 한 것일까?

어떤 반성

"세칭 '일류대' 출신 대학교수, 문학평론가, 계간지 주간, 5공 시절 투옥 경험 있는 '진보 주류' 등 물질적·상징적으로 가진 게 많은 50대 후반 남성입니다. 듣고 배울 점이 많을 것 같아 페친 신청했는데 받아주셔서 고맙습니다.^^"

평소에 페이스북 친구 신청을 거의 하지 않는다. 이미 좋은 분이 몸소 많이 찾아와 신청해주신 덕택에 '배가 불러서' 굳이 페친 불리기를 하지 않아도 되기 때문이다. 그래서 지금까지 내가 페친 신청한 경우는 열 손가락도 안 된다. 나와 비슷한 경험을 했고 비슷한 생각을 하는 사람들이나, 내가 이미 잘 알고 있는 사람이 아닌 사람 중에서 저 사람이 하는 말은 꼭 귀담아듣고 싶다고 할 만한 경우에만 아주 조심스럽게 페친 신청을 한다. 성별, 세대, 계급, 직업, 사상 등에서 나와 거리가 많이 먼 사람 가운데 자신의 정체성에 대한 인식이 확고하고 또 그러한 인식을 비교적 명석하게 드러내는 포스팅을 하는 사람이면서, 나의 페친 신청을 신중하게 고려할 것 같은 사람이면 내 신청의 대상이 된다. 그들의 경험과 생각이 매우 궁금하기 때문이다.

어제 소수자로서의 여성에 대한 인식을 특정한 사회적 이슈와 정확하게 결합한 인상적인 포스팅을 쓴 어떤 젊은 여성에게 페친 신청을 해서 수락을 받았다. 위의 글은 그 수락에 대해 고마움을 표한 나의 인사 글이다. 소수자적 정체성(여성은 인류의 반이지만 그 양적 위상과 달리 질적 위상에서는 여전히 소수자다)을 예민하게 육화하고 있는 사람에게 나를 소개하려다 보니, 나름 거의 평생을 이 세계의 마이너들에 대한 애정과 지향을 표시하며 살아왔다고 자처하면서도 내가 참으로 메이저의 삶을 살아왔다는 생각이 뼈저리게 든다. 이 기울어진 세계에서 물질적으로나 상징적으로 내가 가진 게 너무 많다는 걸 새삼 느낀 것이다.

그리고 더 유감스러운 것은 그 '가진 것'들 때문에 나의 의식과 행동이 여지없이 적지 않은 영향을 받는다는 것이다. 특히 젠더 문제에 있어서 나는 종종 혼동을 겪는다. 나의 의식과 말과 행동이 과연 '차이'에 대한 정당한 인식의 소산인지 내면화된 '차별'의 결과인지 구별이 쉽지 않은 경우가 많고, 설사 페미니즘 내부에서도 해결되지 않은 난제들이 많다고 하더라도, 다른 문제에서와는 달리 나 스스로 유난히 '버벅거리는' 경우가 많은 것이다. 그리고 생각하는 여성이라면 자연스러울 젠더적 사유 회로가 내 경우에는 어떤 문제 앞에서는 겨우 작동하다가도 어떤 문제 앞에서는 전혀 작동하지 않는 블랙아웃 현상이 비일비재하다. 그것은 내 공부와 사유가 불철저한 탓이기도 하지만, 내 안의 젠더 정체성이 끝없이 '반동적으로' 작동하기 때문일 것이다.

대문자 역사, 대문자 근대를 구성해온 수많은 다수자적 제도와 이데올로기, 신체화된 관습들에서 자유로워져야 한다고 생각하면서도 실제로는 전혀 자유로워지지 못하고 있다. 그런데 한편으로는 그것이 아직 이 세계가 총체적으로 근대의 주박으로부터 벗어나지 못하고 있기 때문이라고 자위하면서도, 동시에 그것이 내가 누리고 있는 것 때문일 거라고 생각하면 좀 끔찍하다. 민주주의 실현이며 인간 해방이며 좋은 말은 다 골라서 하면서도 그러한 담론행위에 대한 더 근본적인 메타적 성찰을 게을리하는 동안, 이 세계에서 아무것도 가진 것 없이 '저주받은' 어떤 사람들에게는 그것이 또 하나의 한심한 이데올로기거나, 지겨운 훈육이거나, 끔찍한 억압으로 작용할 수도 있다고 생각하면 가슴이 철렁 내려앉는 것이다.

메갈리아와 전복의 언어

지배자(가진 자/가해자)의 언어/수사학과 피지배자(못 가진 자/피해자)의 언어/수사학 사이에는 명백한 비대칭성이 존재한다. 지배자의 언어는 이성적·권위적이고 계몽적·교술적이며, 그 배경에는 권력 혹은 잠재적 위력이 개재되어 있다. 심지어 지배자의 언어는 태도에 있어서 관용적이며 수사학적으로 유려하고 논리적으로 정연하기까지 한데, 그것은 지배자의 언어와 수사학이 오랫동안 지배이데올로기에 의해 반복적으로 교술되는 동안 세련화한 결과이다.

반면에 피지배자의 언어는 감성적이고 불안정하며, 비합리적으로 들리고 논리적 정합성을 가지지 못하며, 수사학적으로 어눌하거나 장황한 양극단을 오가는 것처럼 보이기 쉽다. 지배자 중심의 이데올로기가 편만한 사회에서 피지배자의 말이 지닌 숙명이다. 교황의 법정에서 "지구가 태양의 주위를 돈다"고 한 부르노의 말은 얼마나 터무니없이 들렸을까 생각해 보라. 피지배자의 언어는 기존 이데올로기와 지배체제의 근간을 흔드는 말로 억압·부정되거나 조롱거리가 되거나 심지어 폭력 혹은 희생제의의 대상이 된다. 이런 상황에서 피지배자의 언어는 두 차원으로 분열되어 존립할 수밖에 없다. 하나는 지배이데올로기와 지배질서에 위해를 가하지 않을 정도의 순치된 형태로 가까스로 시민권을 유지하는 차원이고, 또 하나는 래디컬하고 지배질서에 위협적인 수준을 유지하지만 피지배자 집단 내부에서만 폐쇄적으로 공유되는 차원이다.

한국사회의 젠더 지형상 남성이 지배자, 여성이 피지배자의 지위에 있음은 분명하다. 그리고 이상과 같은 지배자의 언어와 피지배자의 언어 사이의 기본적 비대칭성에 의해 한국사회에서 여성의 고유한 언어는 제대로 시민권을 얻지 못하고 배제된 상황이기도 하다. 그 결과 여성의 언어는 한편으로는 남성이 허용할 수 있는 순치된 언어로, 다른 한편으로는 여성 집단 내부에서만 통용되는 래디컬한 언어로 분열된 채 존재하게 된다. 전자는 "여성도 남성과 같은 사회적 대우를 받아야 한다" 혹은 "여성성은 보호되어야 한다" 같은 비대칭적 권력관계에 영향을 주지 않는, 지배자 남성들의 양보나 시혜를 구하는 언어이다. 그리고 후자는 "가부장제 권력은 철폐해야 한다"거나 "강요된 여성성은 거부해야 한다"는 지배자 남성들의 지배체제나 그에 의해 만들어진 여성상 자체를 부정하거나 전복하는 언어이다.

아마도 그동안 한국 페미니즘은 남녀 공통의 영역에서는 전자와 같은 순치된 언어로 '남녀평등', '여권신장' 등을 주장하며 점진적으로 여성의 지위를 '향상'시키는 역할, 더욱 과격하게 말하면 여성을 2등 인류로 고착시키는 역할을 수행해왔다. 그리고 여성집단 내부에서는 마치 지하교회에서 순결한 신앙을 지켜왔던 초기 기독교도처럼 더욱 원칙적이고 전복적인 여성주의 사상을 단련하고 심화시켜왔다고 할 수 있을 것이다.

그러나 한편으로는 신자유주의의 야만성이 기왕에 남아 있던 인간적이고 공동체적인 삶의 영역까지 깊이 잠식해 들어와 한국사회 구성원을 극한적인 상호 경쟁 시스템으로 몰아넣으면서, 피지배 주체 내부에서 상호 경쟁을 넘어 상호 적대성이 심화되었다. 다른 한편으로 계몽과 자각의 반복과 그 점차적 제도화를 통해 형식적 여권이 신장되어가는 과정에서 성장한 새로운 여성세대들의 성평등 의식과 사회의식이 증대되면서, 위와 같은 페미니즘의 상대적 안정성은 위기에 처하게 되고 그 변화를 강요받는 상황에 부닥치게 되었다. 즉 정규직/비정규직, 취업자/비취업자, 고소득자/저소득자 사이의 갈등과 긴장이 고조되는 것과 마찬가지로, 남성과 여성 간의 갈등과 긴장 역시 고조되지 않을 수 없는 상황이 도래했다. 나는 그것이 특히 청년세대 내에서 일베에 의해서는 극단적 형태로, 나머지 온건한 층에서는 잠재적 형태로, 하지만 강력하게 존재하고 작동하는 좁은 의미에서 '여성 혐오'의 태반이라고 생각한다.

하지만 여성들 특히 청년세대 여성들은 그간 형식적으로나마 조금씩 신장되어온 여권의식 및 관련 제도와 그에 전혀 부합하지 않는 사회적 실상 사이에서 능력만큼 대접을 받지 못하고 부당하게 차별받고 있다는 의식이 팽배하던 차에, 이러한 여성 혐오의 언어와 행동들로 인한 박탈감과 억울함을 매우 크게 느끼지 않을 수 없다. 여기에 강남역 살인사건이라든가 소라넷 사건과 같은 여성에 대한 폭력과 성적 착취가 노골화된 사건들이 일어나면서, 이제 여성들은 더는 과거와 같은 두 개의 언어체계에 안주하지 않고 남녀 공유의 영역에서는 순치된 언어를 거부하는 한편, 자신들끼리의 배타적 영역에서 소통되던 래디컬한 언어를 공유 영역으로 이끌어 내는 혁명적 변화가 시작된 것이다. 그야말로 '가만히 있지 않겠다'는 세월호의 교훈이 여성에 의해 먼저 선언되고 실천되기 시작한 것이다.

이상이 메갈리아 현상에 대한 나의 맥락적 이해이다. 메갈리아 현상은 여성들이 가부장적 지배체제와 이데올로기에 의해 강제로 순치되고 분열된 자신들의 언어를 급진적으로 되찾아오는 운동의 시작인 것이다. 이러한 본질적 성격을 애써 부인하고 메갈리아 현상을 그 외화된 결과물만으로 판단한다거나, 그 기원을 실증적이고 기술적인 방식으로 해체하여 그 의미를 축소하고 과소평가하려는 일부 남성들의 시도는 매우 이데올로기적으로 편향된 시도에 불과하다는 게 내 생각이다.

문제가 되는 '미러링'의 경우, 나는 가부장적 지배체제의 가장 거칠고 세련되지 못한 주변부(일베)의 언어와 수사학을 정확히 겨냥하여 이를 젠더적으로 전복함으로써 가장 효율적이고 신속하게 또 충격적으로 가부장적 지배체제의 언어 질서를 교란하는 데 성공한 전술이며, 그럼으로써 가부장적 지배체제에 가장 통쾌한 선전포고의 역할을 톡톡히 해낸 쾌거였다고 생각한다.

일베나 노골적인 여혐담론 혹은 실천의 주체들은 물론이고, 여성에 대한 의식이나 일상적 행태에서 일베와 사실상 차이가 없는 위선적이고 이중적인 보통의 남성들에게 이러한 미러링은 자신들의 일상적 언어가 얼마나 폭력적이며 끔찍하게 인간을 사물화하는 수준이었는지 적나라하게 깨닫게 만들어준 일대 사건이었다. 그리고 가부장적 체제의 지배언어 일부를 풍자적으로 해체하고 전도시키는 과정에서 여성들이 느꼈을 해방감과 자존감은 이루 말할 수 없이 컸으리라 생각한다. 물론 그 과정에서 이러한 미러링의 본래 의도나 목적과는 다르게 해방적이거나 계몽적인 기능을 수행하는 대신, 폭력적이고 외설적인 언어유희나 말 그대로 반사회적인 충동들이 여과 없이 노출되는 부작용도 많이 발견할 수 있었다. 하지만 모든 혁명적 변화에서 그러한 부작용은 어느 정도 불가피한 측면이 있다.

무엇보다 그러한 유희적 언어나 자칫 반사회적 충동의 언어들의 경우 실제 현실과 직접 대응하지 않는 상상적인 것에 불과하다. 그런 점에서 실제 일베나 소라넷 등에서 구사하는 언어와 수사학의 끔찍한 현실대응성—일베나 소라넷 등에서 남성 참여자들이 구사하는 언어들은 실제 성폭력이나 범죄, 각종의 여성 차별과 혐오의 실천 과정 혹은 결과와 대응하고 그 속에서 발전한 언어들이 대부분이다—과 비교하면 그것은 매우 나이브한 수준이라고 할 수 있다.

그리고 이처럼 실제의 현실에 대응하지 않는 관념적이고 상상적인 언어유희는 그 비현실성으로 인해 지속가능하지가 않다. 그 때문에 나는 메갈리아의 일부 돌출적이고 과장된,

그리하여 남성들에 의해 호들갑스럽게 그 위험성이 과장된 일부 여성들의 언어 행위는 장차 자연스럽게 소멸하거나, 설사 지속된다고 하더라도 매우 제한적이고 컬트적인 형태로밖에는 존재하지 않으리라 믿는다.

나는 이처럼 메갈리아 현상을 긍정적으로 이해하는 입장이다. 하지만 젠더 구분이 더 이상 어떠한 차별과 위계로도 이어지지 않는 사회를 향한 페미니즘의 도정을 길게 고려할 때, 지금과 같은 특수 언어의 전복과 탈환이라는 단기적 충격 요법만으로는 젠더적으로 비대칭적 언어상황의 궁극적 해소는 이루어질 수 없다는 점을 지적하지 않을 수 없다. 단적으로 말하면 모든 피지배자의 혁명적 저항투쟁의 초기 양상이기도 하며 근본적으로 비대칭적인 언어 상황에서 불가피한 일이기도 하지만, 현재 메갈리아 현상에서 비롯한 여성들의 전복적 언어 실천과 그에 기초한 남성 지배세력과의 전투적 논전 양상을 지켜보면서 언어의 해방적 수행에도 일정한 규율과 질서는 있어야 한다는 생각이 드는 것이다.

언어사회학적으로 보면 사회 구성원의 언어 수행은 무차별적으로 이루어지는 것이 아니라, 각종의 사회적 층위에 기반해 이루어진다고 할 수 있다. 예를 들면 한 사람의 언어적 수행과 실천은 그가 속한 여러 층위와 성격의 집단에 따라, 또 상황과 맥락에 따라 매우 다르게 전개된다. 나는 대학교수이지만 내가 사용하는 언어는 학생들에게 강의할 때, 학문적 토론을 전개할 때, 동료 교수들과 한담할 때, 고등학교 동창생들과 편안한 대화를 할 때, 가족과 함께 있을 때, 나의 사회적 존재를 전혀 모르는 군중 속에 있을 때 등 상황과 소속 집단에 따라 조금씩 또는 매우 크게 달라지는 것이다. 특히 동질집단 내에서의 언어 수행과 이질집단 혹은 보다 확장된 공적집단에서의 언어 수행에는 차이가 있게 마련이다.

하지만 나는 온라인 공간에서 사람들이 자신이 언어 수행을 하는 공간이 동질집단인지 이질집단 혹은 혼종집단인지를 제대로 구별하지 못하는 현상을 매우 자주 발견한다. 동질집단에서는 자기들 사이에서 허용되는 특수한 언어나 수사학이 있게 마련이다. 그리고 그것은 공유되고 자주 사용될수록 자신들의 집단적 정체성과 결속력을 강화하는 데 기여한다. 하지만 그가 이질집단이나 혼종집단 안에 들어가게 되면, 동질집단 내에서의 언어나 수사학은 매우 이질적이고 낯선 것이되고 그 안에서의 정상적 의사소통에 장애를 일으킨다.

물론 때에 따라서는 이러한 낯설고 이질적인 언어와 수사학이 야기하는 낯설게 하기 효과와 소통 장애 자체가 목적이 될수 있고, 그것이 곧 효율적인 정체성 투쟁의 무기가 될 수 있다. 그렇게 함으로써 기존 언어 질서는 교란되고 새로운 언어가 그 시민권을 주장하게 되기 때문이다. 그러나 많은 경우 이러한 목적의식과 무관하게 자기 동질집단 내의 언어나 수사학을 다른 공간에서도 여전히 폭력적으로 구사하는 일도 적지 않다. 온라인 공간이 그저 익명 뒤에 숨은 언어의 배설구로서만 의미를 갖는다면 아무래도 상관이 없다. 하지만 이 공간을 통해 어떤 의미 있는 목적을 이루고자 하는 사람이라면 이점에 대해서 정당한 성찰이 있어야 한다는 생각이다.

또 하나, 그러한 의도적 교란과 낯설게 하기를 통해 자기집단의 정체성 투쟁을 수행하는 경우라 할지라도 거기에는일정한 조건이 필요하다고 본다. 누구를 대상으로 그 말을 하는가를 정확히 해야 한다. 그 말을 듣는 상대가 과연 전적으로 적대적 존재인지, 아니면 어느 정도는 자신의 말을 들을준비가 되어 있는 우호적 상대인지에 따라 같은 내용의 말이라 할지라도 언어와 수사학의 선택에서 적지 않은 차이를 두지 않으면 안 된다고 생각한다. 나는 내가 올린 포스팅에 댓글 형태로 전개되었던 남녀 간의 논쟁을 지켜보면서 한편으로는 그 적나라하고 투쟁적인 어투에 얼마간의 카타르시스를느끼기도 했다. 하지만 대체로 서로 상대와의 의견이나 입장차이 정도를 조금만 더 고려한다면 보다 더 생산적인 논쟁이 이루어질 수 있고, 심지어 적대세력을 자신에게 우호적이거나 동지적인 세력으로 바꿔놓을 수도 있을 텐데 하는 아쉬움을 여러 번 느꼈다.

또 하나 덧붙인다면, 삼인칭으로 말할 때와 이인칭으로 말할 때도 언어 수행에는 큰 차이가 있다는 사실이 온라인 공간에서는 많이 간과된다. 같은 입장을 가진 사람끼리는 그 대화 자리에 있지 않은 다른 입장을 가진 사람을 조롱하거나 모욕하는 등 얼마든지 대상화해도 무방할 것이다. 아닌 말로 옛말에도 없는 데서는 왕도 때려죽일 수 있다고 하지 않는가. 하지만 만일 다르거나 적대적 입장을 가진 단수 혹은 복수의 상대와 이인칭의 형식으로 대화할 경우라면 사정은 다르다. 그럴 때는 아무리 상대가 밉고 싫더라도 서로 대화를 나누는 한에서는 최소한 상대를 노골적으로 경멸하거나 무시하는 언어 수행을 해서는 안 된다는 게 일반적 화법의 원칙이다. 그렇지 않으면 그것은 말의 형태를 빌린 시정잡배의 싸움에 불과하고 그것을 통해 얻는 것은 적대성 강화밖에 없다. 친하던 사람이 멀어지고 조금 멀던 사람은 완전히 멀어지고 적대적인 사람은 원수가 되는 것이다.

온라인 공간 특히 대체로 동질적인 사람들이 모인 공간에서는 언어 수행상 악화가 양화를 구축하는 경우가 절대적으로 많다. 그것을 '위악성의 악순환'이라고 할 수 있을 것이다. 군이 온라인이 아니더라도 대개의 동질집단에서는 단정적이고 도발적이며 위악적인 언어 수행을 즐기는 사람이 분위기를 주도하는 경우가 대부분이다. 대개 익명을 사용하고 또 직접 얼굴을 맞대지 않고 말을 주고받는 온라인 공간에서는 이러한 경향이 훨씬 더 심해지기 마련이다.

일베의 극단성이 회원 상호간의 위악 경쟁에 의해 만들어졌다는 것은 널리 알려진 사실이다. 이러한 위악성이 경쟁적으로 나타날 경우 사용하는 언어는 더 왜곡되거나 악화되고, 그것이 곧 그 동질집단 구성원으로서의 표지 역할을 하게 된다. 나는 메갈리아에도 그러한 현상이 분명 존재한다고 생각한다.

지배언어체계를 전복하는 것은 피지배자의 해방에 있어서 결정적으로 중요한 일이다. 하지만 그러기 위해서는 언어 수행이 가지는 이러한 다층적이고 맥락적인 측면에 대한 매우 섬세한 고려가 따라야 한다는 게 나의 생각이다. 남성의 언어가 가해자 언어이고 여성의 언어가 피해자 언어라면, 여성의 언어는 길게 볼 때 해방적이되 가해적이어서는 안 된다는 것이다. 전복적이되 본질적으로 폭력적이어서는 안 된다는 것이다.

그것이 피지배자의 언어가 지배자의 언어체계를 전복시키

고 새로운 해방의 언어로 발돋움할 수 있는 제일의 조건이라고 나는 믿는다. 여성 해방은 인류 최후의 혁명이라고 한다. 그런 만큼 매우 길고 오랜 투쟁 과정이 기다리고 있다. 그 기나긴 도정에서 피지배자가 의존해야 할 가장 큰 무기는 윤리성이다. 그리고 그 윤리성의 핵심은 모든 존재에 대한 궁극적 존중에 있다고 나는 믿는다.

진보를 '참칭'하는 자들

　'진보주의' 혹은 '진보주의자'를 통칭하는 '진보'라는 말이 요즘처럼 우스꽝스럽고 불편하게 느껴지는 때가 있었을까 싶다. '넥슨 성우 - 웹툰 작가들 - 정의당 무슨 위원회'로 이어지는 티셔츠 파동에서 시작해 최근의 〈시사인〉 절독 사태에 이르는 메갈리아와 관련한 일련의 흐름 속에서, 이른바 일군의 '진보' 남성들이 보여주는 행동거지를 보면 진보라는 말이 이제는 시장 바닥의 땡처리 허드레 옷값보다도 더 값어치가 떨어진 느낌이다. 그렇지 않아도 '역사 발전에 대한 믿음'이라는 진보주의의 오랜 근거가 하나의 허구이거나 신화에 불과하며, 오히려 그것이 오늘의 세계를 더 살기 힘든 것으로 만든 원인 중 하나라는 인식이 어느 때보다 더 팽배해져 있는 터라 이참에 진보라는 딱지를 차라리 폐기처분하는 게 어떨까 하는 생각조차 든다.

　그럼에도 불구하고 우리가 지금 현재의 세계를 더 이상 나아질 수 없는 한계 상황으로 인정하고 여기에 그대로 머물러 있을 수밖에 없다고 주저앉기로 하지 않는 이상, 더 나은 세계에 대한 낭만적 동경을 핵심 자질로 하는 진보적 사유까지 포기할 수는 없는 노릇이지 않은가. 그러므로 이 세상을 이대로 두지 않고 보다 나은 쪽으로 바꿔야 한다는 생각을 잠정적으로 진보주의라 칭하는 것 외에 별 다른 뾰족한 수가 떠오르지 않는다.

대신 오늘날 진보주의의 '착한 핵심'은 무엇이어야 하는가를 생각해 보기로 한다. 나는 세상을 이렇게 '현 상태'로 두어서는 안 된다는 진보주의의 부정 정신은 기본적으로 '타자의 고통에 대한 공감'에서 비롯된다고 본다. 아니 본래부터 타자는 없으므로 '타자화된 존재들의 고통에 대한 공감'이라고 해두자. 그 이름을 무엇이라 부르든 모든 진보 이념의 출발점에는 이 타자화된 존재들의 고통에 대한 공감이 가로놓여 있다 (19세기 노동계급의 고통에 대한 공감에서 사회(공산)주의가 출발했고, 여성의 고통에 대한 공감에서 페미니즘이 출발했으며, 피식민지 인민의 고통에 대한 공감에서 탈식민주의가 출발했을 것이다).

타자화된 존재의 고통에 대한 공감은 어떤 도그마에 대한 맹신이나 합리적 추론의 산물이 아니다. 그것은 이 현실에서 어떤 존재가 어떻게 타자화되는가에 대한 섬세한 감각과 그들이 그 타자화로 인해 겪는 고통을 자신의 것으로 전이시키는 정서적 능력의 산물이다. 그런 점에서 그 어떤 현존하는 종교, 형이상학, 정치철학 등의 이데올로기보다 훨씬 더 근본적이고 현실적이며 생동하는 것이며, 무엇보다 그것을 느끼는 주체의 자기 성찰과 자기 갱신의 산물이라는 점에서 거짓됨이 없다.

하지만 오늘날 타자화되어 고통받고 있는 존재에 대한 공감, 혹은 공감하려는 노력이 없는 자가 '진보'의 이름을 참칭하는 사례가 너무나 많다. 그것은 진보가 애초의 기원에서 벗어나 하나의 이데올로기이자 심지어는 타자를 윽박지르는 억견으로 화석화되어 버렸기 때문이다. 박근혜를 욕한다고 진보가 아니다. 미국을 욕하고 친일파를 비난하는 게 진보가 아니다. 평화통일주의자가 진보가 아니다. 권력층과 부유층을 저주하는 게 진보가 아니다. 그것이 그로 말미암아 고통받는(자기 자신이 아니라, 그로 인해 타자화됨으로써 고통받는) 존재에 대한 간절한 공감에서 비롯된 것인가 하는 자기성찰을 통과한 후에야 비로소 그런 태도들은 진보적인 태도가 될 수 있다.

특히, 나는 민족주의자이거나 국가주의자들이 진보를 참칭하는 것은 정말 두고 볼 수가 없다. 그리고 아마도 자기들이 진보라고 하면서 이 세계의 대표적인 타자화된 존재인 여성을 다양한 방식으로 혐오(재타자화)하는 데 힘을 쏟고 있는 자들이 대부분 바로 진보를 참칭하는 민족주의자, 국가주의자들(잠재적 파시스트들)은 아닐까 싶은 생각이 든다.

분노, 혐오, 그리고 짜증

방향을 잃은 혹은 방향을 잡았더라도 아무런 실효도 없는 분노와 혐오, 짜증이 넘쳐나는 세상이다. 충분히 이해할 만한 현상이다. 매일 접하는 세상의 소식이며, 도무지 풀리지 않는 이런저런 일이며, 서로서로 도움이 되기는커녕 걸림돌이 된다고 생각하는 가깝거나 먼 사람들을 생각하면 할수록 누구든 좋은 기분을 가질 수가 없을 것이다.

사람에게 있는 칠정(희로애락애오욕의 일곱 가지 정동) 중에서 긍정적인 것이 희(喜), 애(愛), 락(樂), 애(哀) 네 가지라면, 부정적인 것은 노(怒)와 오(惡), 그리고 경우에 따라서 부정과 긍정이 갈리는 것이 욕(慾)일 것이다. 우리가 살아가는 이 시대는 이 중에서 노와 오가 특히 두드러지게 드러나는 부정 정동(情動)의 시대라고 할 수 있다. 그런데 노와 오는 둘 다 어떤 대상에 대한 부정적 정동이지만 그 성격은 다르다.

나는 노(怒)를, 다른 말로 하면 화(火)를 많이 가지고 있는 사람이다. 인생을 살면서 특히 세상에 대해 사람들에 대해, 그리고 나 자신에 대해 너무나 많은 실망을 했고 그 실망이 쌓여 '마음속의 불'이 되어 온 것이다. 하지만 나는 그 화를 밖으로 잘 드러내는 편은 아니다. 분노(憤怒)가 '노의 끓어오름' 혹은 '노를 분출함'을 뜻한다면, 나는 끓어오르는 단계까지는 가더라도 그것을 밖으로 분출하는 단계로는 잘 이행하지 않는다.

분노는 정의(正義)와 관련한 정동이다. 정의롭지 못한 현상 혹은 사람이 있으나 그 대상의 힘이 강해서 교정이 쉽지 않거나 방해받을 때, 노여움이 끓어올라 그것을 표출하는 것이 분노이다. 그러므로 분노는 상대적으로 힘이 약한 사람의 정의감 혹은 그 분출이라고 할 것이다. 자기보다 힘이 약한 사람의 부정의함은 나의 힘이나 설득에 의한 교정이 가능하기 때문에 분노를 자아내지는 않는다.

내가 분노를 잘 표출하지 않는 까닭은, 힘이 없는 사람이 분노를 자주 표출하는 것은 객관적인 실효도 없이 분노를 소비하는 것에 지나지 않는다고 생각하기 때문이다. 분노는 견딜 수 있을 만큼 꾹꾹 눌러 담아 쌓았다가 힘이 생겼을 때, 혹은 힘은 모자라더라도 그 부정의한 대상에게 결정적인 타격을 입혀 그 부정의의 교정에 실효를 거둘 수 있으리라 생각될

218

때 한꺼번에 표출하는 것이 바람직하다고 생각해왔기 때문이다. 그래서 남들이 쉽게 분노하고 화를 분출할 때 나는 대체로 겉으로는 동조하는 척하지만, 사실은 속으로 더 냉정해지기 위해 노력할 때가 많다.

또한 나는 오(惡), 다른 말로 하면 혐오감도 역시 많이 가지고 있다. 세상에 싫은 것, 미운 것이 어디 한두 가지일 것인가. 나 역시 사람인지라 싫은 것, 혐오스러운 것에 대한 즉물적 거부감이 없을 리가 없다. 하지만 이 혐오감 역시 나는 그다지 즐겨 표현하지 않는다. 이 혐오의 정동은 분노의 정동과 반대로 내가 그 혐오를 자아내는 상대보다 어떤 측면에서든 우위에 있는 상태에서 발현되는 것이고, 동시에 분노의 정동에 비해 더욱 즉물적이고 감각적이라서 더 섬세한 자기 검열을 통과해야 한다고 생각하기 때문이다.

특히 나보다 여러 가지 측면에서 열위에 있는 것이 분명한 사람이나 대상에게 표현하는 혐오는 매우 위험하다. 그것은 대개 나와의 '다름'에 대한 거부감의 즉물적 표현이 되기 쉽기 때문이다. 다른 말로 하면 대상에 대한 이해나 배려, 공감 이전에 먼저 돌출하는 동물적 거부감이 혐오감일 경우가 많다. 즉 혐오에는 문자 그대로의 반성(reflection)이, 어떤 현상을 일단 자기 자신에게로 한 번 회귀시켜 성찰하는 과정이 생략되어 있으므로 다른 사람의 공감을 얻지 못함은 물론, 시간이 지날수록 자기 자신에게도 해악이 되고 만다. 분노는 숭고하고 거룩한 어떤 것이 될 수 있지만, 혐오는 죽었다 깨나도 그럴 수 없는 것이 이 때문이다. 더욱이 이 혐오가 냉정을 넘어 냉혈을 동반할 때, 거기서 남는 것은 모든 관계성에 대한 거부와 사물화뿐이다.

물론 자신보다 강한 상대에 대한 분노에도 혐오감이 수반되기는 한다. 하지만 그런 경우의 혐오감 역시 그리 건강한 것은 되지 못한다. 그것이 때로는 촌철살인의 풍자 형태로 드러나 일시적으로 카타르시스를 주는 경우도 있지만, 대개 권력자나 부자에 대한 항간의 흔한 혐오 담론은 무기력함의 심리학적 대응물이며, 진정한 힘으로 전화할 수 있는 분노의 축적을 방해하는 일시적 감정 낭비에 불과한 경우가 많다. 물론 나도 종종 특정 대상에 대한 혐오 발언을 하기도 하고, 다른 이의 혐오 발언에 손뼉을 치며 동조할 때도 있다. 하지만 그 경우도 나보다 열위에 있는 대상에 대해서는 절대 삼가고자 노력하는 편이고, 나보다 우위에 있는 부정의한 대상에 대해서도 이를 자주 반복하지는 않는다.

사단칠정에는 포함되지 않지만 분노나 혐오보다 더 피해야 할 정동이 바로 짜증(역정(逆情))이다. 분노나 혐오는 발생하더라도 곧바로 표현되지 않고 정제되거나 삭제될 수가 있다. 하지만 짜증은 말이나 행동, 아니면 최소한 표정으로라도 곧바로 표출되는 가장 저급한 부정적 정동이다. 짜증은 내외부의 부정적 자극에 대한 자기 통제력의 상실을 곧바로 표현하는 인격적 미성숙의 징표라고 할 수 있다. 그리고 그 역시 약한 대상을 향해 표출된다는 점에서 매우 비겁한 정동이다. 그것은 분노는 물론 혐오에도 분명히 포함된 가치판단이라는 인격적 절차를 가지지 못한, 그 대상에게나 자기 자신에게나 어떠한 긍정적 기여도 하지 못하는 가장 먼저 추방되어야 하는 정동이라고 할 수 있다.

짜증은 대체로 어떤 현상이나 사람의 행동 자체가 일으키는 정동이 아니라, 그것을 핑계나 매개로 하여 사실은 자기 자신의 마음속에 들어 있던 분노나 불안, 초조감 등이 통제되지 않고 노출되는 정동이다. 매우 오랫동안 내 마음속 잘 다스려지지 않는 화와 분노를 주변 사람에 대한, 그것도 가장 사랑하면서도 만만하고 약한 내 가족에게 짜증의 형태로 표현해온 과거가 있던 나로서는 생각하면 가장 부끄럽고 아픈 내 마음의 어두운 부분이기도 하다.

짜증도 혐오도 섣부르게 남발되는 분노도 결국 세상과 사람살이의 팍팍함과 전망 없음의 소산이라는 점에서 백번 이해할 만한 정동들이지만, 이것들은 모두 "이성이 잠들면 눈뜨는 요괴들"이라고 할 수 있다. 특히 짜증과 혐오와 같은 정동들은 반복되고 전염되고 증폭되기 쉬운, 그리고 그렇게 될수록 세상을 악화시키는 나쁜 정동들이다. 하지만 짜증은 표현하기 전에 단 1초만 참는다면, 혐오는 그 대상의 처지에 대한 약간의 역지사지만 할 수 있다면 적어도 겉으로 표현되는 것은 충분히 막을 수 있는 쉬운 감정들이기도 하다. 모두가 성숙하고 이성적인 사람이 될 수는 없다. 하지만 지금과 같이 짜증과 혐오가 광기처럼 전염되고 증폭되는 세상에서는 어떤 이성의 기획도 설 자리가 없다는 점을 곱씹어볼 필요는 있지 않을까 생각한다.

불륜, 매춘, 그리고 윤리 도덕

교수님 안녕하세요! 저 ○○예요. 방학 잘 보내고 계세요? 궁금한 게 생겨서 메일 드려요.

교수님 오늘 제가 자주 가는 인터넷 커뮤니티에서 어떤 사람이 창녀를 옹호하는 글을 올려서 많은 사람에게 비난을 받았습니다. 저도 기본적으로 창녀를 정말 싫어하는데요. 《레미제라블》에서 팡틴도 자의는 아니지만 몸을 팔게 되잖아요. 하지만 우리는 그걸 보고 더럽다기보단 안타깝다고 느끼잖아요. 물론 요즘은 사치, 쉽게 돈 벌고 싶어서 몸을 파는 여자들이 굉장히 많지만, 한편으로 정말 피치 못할 사정 때문에 몸을 파는 여자도 없진 않을 것 같은데 이런 경우에는 팡틴처럼 안타깝다고 여겨야 하는 건가요? 아니면 그럼에도 불구하고 다른 사람도 돈 벌기 힘든 데 쉽게 돈 벌기 위해 이 일을 택했다고 욕해야 하는 건가요?

제가 하는 커뮤니티에서는 시대가 변했다, 팡틴이 살던 시대는 여성이 할 수 있는 일이 정말 없었다. 하지만 요즘은 직업을 구하려면 얼마든지 구할 수 있다. 하다못해 숙식 제공되는 공장도 있다. 요즘 몸을 파는 것은 어쩔 수 없는 것이 아니라 본인이 선택한 것이다, 라고 하는데요. 저는 좀 헷갈려요. 저도 기본적으로는 저 의견에 동감하지만, 저 말이 모든 상황에 절대적으로 적용될 수 없다는 생각이 들었거든요. 그 상황에 처해본 적 없는 사람이 쉽게 충고할 수 있는 말로 생각됐어요.

근데 또 한편으로는 결과적으로 같이 몸을 팔았지만 처한 상황에 따라 누구는 손가락질하고 누구는 안타까워하는 게 과연 정당한가, 하는 생각도 들어요. 또 가정폭력을 당하던 여성이 남편을 살해했다고 할 때 우리는 여성을 살인자라고 손가락질하기보단 안타까워하잖아요. 하지만 이 경우에 그럼 가정폭력센터에 도움을 요청했어야지, 라고 말하는 사람은 드물잖아요.

왜 도덕은 어떤 상황에서는 인정보다 강하고 어떤 상황에서는 인정보다 약한가요? 도덕이 절대적이지 않기 때문에 상황에 따라 다른 판단을 내리게 되면 그건 자신의 기준이 없는 사람인 건가요? 또 문학 작품에서 심심치 않게 불륜이나 매춘 등이 소재로 쓰이잖아요. 예를 들면 《안나 카레니나》를 읽으면서 안나가 불륜을 저질렀다고 욕을 하며 보는 사람은 별로 없을 것 같고, 또 이게 명작이라고 추앙받잖아요. 안나가 사랑 없는 결혼을 했고 권태로운 생활에 처해 있었기 때문에 불륜을 정당화할 수 있나요? 만약에 이런 상황이 우리 주변에서 일어났다면 굉장히 많이 비난을 받았을 것 같은데……

근데 생활이라는 게 항상 도덕적일 수는 없는 거잖아요. 하지만 도덕을 추구한다는 것은 분명 중요한 것인데, 도대체 도덕이 무엇인가요?

○○가 내게 질문을 해오는 걸 보니 이제 곧 새 학기가 얼마 남지 않은 것 같구나.

매춘, 불륜과 윤리 도덕의 문제라……

먼저 윤리 도덕에 대해 몇 가지 전제를 확인해보자.

1. 윤리 도덕은 절대적인 것도 불변하는 것도 아니다.

2. 윤리 도덕은 일반적으로 특정 시대의 지배계급 혹은 지배 헤게모니의 의지나 성격을 반영한다.

3. 특히 성과 관련한 윤리 도덕은 일반적으로 남성 중심의 가부장제 이데올로기에 깊이 연루되어 있다.

4. 따라서 윤리 도덕은 역사적으로 상대적이고 가변적이며

때로는 부정·폐기당하기도 한다.

다음, 먼저 불륜에 대해서.

1. 불륜은 일부일처제 제도 아래서 혼인에 따르는 의무, 혹은 약속의 불이행, 파기라고 할 수 있다.

2. 과연 일부일처제가 가장 합리적이고 이상적인 혼인제도인가는 의문의 여지가 있다.

3. 특히 가부장제 아래 일부일처제에서의 불륜 문제는 대개 젠더 간에 비대칭적으로 작동한다(남성의 순결의무 이행 여부는 문제가 안 되고, 여성의 경우만 주로 문제가 된다).

4. 따라서 불륜 문제는 남녀 간 동등하게 적용되고 문제 삼아야 한다.

5. 중요하고 우선적인 것은 부부 간 신뢰와 이해 혹은 관용의 문제다. 그리고 이것이 유지되는 상태라면 불륜은 불륜이 아니고 부자연스러운 일부일처제에 대한 일종의 허용된 보완으로 인정될 수 있다.

6. 반면 부부 간 신뢰와 이해가 없다면 일부일처제의 기초는 붕괴되어 이미 불륜의 전제가 마련된 것이므로, 그 이후의 불륜은 불륜이 아니라 정당한 보상행위라고 할 수 있다.

6. 따라서 극단적으로 말하면 "불륜은 없다"고 말할 수 있다.

다음 매춘에 대해서.

1. 매춘보다 성을 구매하는 매매춘이 더 문제고, 매춘 제도가 유지될 수밖에 없는 남성 중심의 가부장사회가 먼저 문제되어야 한다.

2. 가부장사회 아래서 일부일처제의 허구성은 성 분배의 비대칭성을 낳을 수밖에 없어서 남성들의 매매춘은 공공연히 정당화되고 매춘 역시 마찬가지다.

3. 따라서 매매춘의 공급자로서의 여성은 한편으로는 사회적 필요성에 의해 계속 보존되거나 조장되면서도, 다른 한편으로는 일부일처제 이데올로기에 의해 비난받고 타자화되는 위선적인 이중윤리의 희생자가 된다.

4. 가부장사회는 여성 일부를 항상 잠재적 매춘노동예비군으로 '육성'한다. 즉 여성 인구에게 충분한 일자리를 제공하지 않음으로써 사실상 매춘노동자가 되는 길을 열어놓고 이를 조장하게 마련이다.

5. 이렇게 본다면 매춘노동자가 되는 여성 개인의 선택의 윤리성 여부를 묻는 것은 잘못된 문제 제기라고 할 수 있다.

6. 매춘노동은 매춘노동자로서의 여성의 육체적·정신적 건강의 훼손 우려 때문에 가급적 선택이 자제되어야 하는 것이지, 순결 윤리 때문에 자제되어야 하는 것은 아니다.

7. 남성들이 위험한 극한노동에 종사하는 것이나 여성들이 매춘노동에 종사하는 것이나 본질상 차이가 없으며, 그로 인한 수입의 상대적 증대는 대체로 그 노동의 난이도나 위험에 따르는 정당한 것으로 보아야 한다.

8. 다만 일부 매춘노동의 고급화와 그에 따른 상대적 고수입의 향유라는 사회적 문제가 있을 수 있지만, 그 역시 수요가 먼저이지 공급을 먼저 문제 삼아서는 안 된다.

자, 이 정도면 궁금증이 어느 정도 해소되었는지 모르겠구나. 여기서 파생되는 또 다른 궁금증에 대해서는 다시 생각해서 질문하도록 해라. 성심껏 답변하도록 하마.

헬조선

지난 9월 하순에서 10월 하순까지 핀란드와 스페인, 이탈리아, 그리고 프랑스 등 북에서 남까지 주마간산 격으로 돌아본 유럽의 네 나라는 "누구 집을 가 보아도 나 사는 곳보다는 여유가 있고 / 바쁘지도 않으니 / 마치 별세계같이 보인다."(김수영) 그리고 내가 사는 이 대한민국이라는 나라가 갈수록 점점 더 사람 살 곳이 못 된다는 생각이 부쩍 더 많이 들곤 했다. 그 사이에 '헬조선'이라는 말을 처음 들었다.

한국의 젊은 친구들이 자기 나라 대한민국을 일컬어 그렇게 부르기 시작했다는 것이다. 전율감을 느끼지 않을 수 없었다. 지옥 조선! 여행 중이라 자세한 내막을 살필 겨를이 없었음에도 그 말이 어떤 뜻인지는 금방 알 수 있었다. 아마도 2002년 월드컵을 전후해서 한국 대신 대한민국이라는 전칭으로 불리며 좀 괜찮은 나라라는 이미지를 구가하는 듯했던 이 나라가 그로부터 10년을 약간 넘으면서 식민지 시대와 봉건 시대의 명칭인 조선으로 급전직하한 것이다. 그동안 뭐가 나아졌냐는 것일 거다, 오히려 지옥으로 변한 것 아니냐는 것일 거다.

민족주의며 애국주의 같은 것 내다 버린 지 꽤 되긴 했지만, 그리고 이 나라의 이름을 부를 때 '대한민국'이라고 따옴표를 붙인 지도 꽤 되었지만, 그래도 차마 지옥이라고까지는 생각해 보지 못한 나로서 이 명명은 하나의 충격으로 다가왔다. 어느 온라인 사이트에서 처음 나온 말인 것은 알아도 누가 시작했는지 모르는 말이지만, 제 조국을 처음 이렇게 부르기 시작한 친구가 이 나라에 대해서 느낀 절망감은 나보다 몇 배는 더 깊었으리라 생각한다.

며칠 전 《황해문화》 다음 기획을 준비하면서 이 헬조선이라는 명명과 관련한 자료들을 좀 더 찾아보는 시간을 가진 적이 있었다. 그러면서 이 명명이 이 나라의 끔찍한 현실에 대한 단순화된 감각적 반응이 집약된 '유행어'에 그치는 것이 아니라, 나름 젊은 세대의 다중지성적 연단에 의해 상당한 폭과 심도를 지니는 일종의 '개념어'의 수준에 이르고 있음을 알고 다시 한번 놀라지 않을 수 없었다. 이 말 속에는 오늘의 이 나라가 펼쳐 보이는 다양한 지옥도가 체계적으로 내장된 것이다.

우선 정치적 측면이다. 여기엔 세월호, 메르스 사태 등에서 나타난 국가 기능의 부재, 무능한 정부에 대한 염증이 들어 있다. 또한 어떤 문제도 해결하지 못하면서 하나의 이익집단으로서 자기 보존에만 급급한 정치권에 대한 여야를 초월한 불신이 들어있다.

둘째, 경제적 측면이다. 오랜 불황과 더불어 취업난으로 인한 경제활동 참여 자체의 곤란, 비정규직 만연으로 인한 불안한 고용 상황, 정규직의 경우 점점 더 심해지는 노동 강도로 인한 삶의 황폐화 등에 대한 견딜 수 없는 피로감이 들어있다. 여기엔 요람부터 무덤까지 어떤 것도 제대로 보장받을 수 없는 과소복지에 대한 불안도 포함된다.

셋째, 사회적·계급적 측면이다. '금수저/흙수저'라는 말에서 알 수 있듯이 이제는 더 이상 개인의 노력에 의한 신분상승이 불가능해지고 부와 신분이 세습되며, 계급 간 삶의 질 격차가 점점 더 심화되는 현실에 대한 격한 분노가 들어있다.

넷째, 문화적 측면이다. 과거에 존재했던 공동체적 상호부조나 배려의 문화 대신 이기주의와 상호 적대 문화가 지배적이게 되었다. 민주적 제 가치의 재잠식, 희화화와 반비례하여 다시 봉건적인 혹은 식민지적인 낡은 윤리와 가치의식이 만연하고 부정부패가 확산되는 반면, 성숙한 시민사회의 윤리의식이 후퇴하면서 한국사회는 여전히 '미개사회'라는 인식이 팽배해 있다.

다섯째, 이데올로기적 측면이다. 경쟁만능, 승자독식, 개인책임, 애국주의, 극우주의 등 신자유주의 이데올로기와 결합한 한국적 지배이데올로기가 갈수록 기승을 부리며 자유롭고 건강한 의식을 질식시키는 데 대한 염증이 강하게 내포되어 있다.

여섯째, '탈조선'으로 집약되는 국가로부터의 탈주 의식이 두드러진다. 유학이나 이민이 가능하다면 국외 탈주를, 그렇지 못하다면 국내에서라도 존재와 의식의 전(全) 국면에서 탈국가적 상상과 실천이 점점 더 확대될 것으로 보인다.

헬조선 현상은 이렇게 한순간 지나가는 유행으로 치부하기에는 매우 전면적이고 심각한 현상이다. 이는 디시인사이드, 일베, 트위터 등 통상적 정치 성향이 차이를 초월하는 다양한 온라인 층위에서 근래 가장 인화성이 강한 일종의 탈대한민국 캠페인이다. 그리고 단지 캠페인으로 끝나는 것이 아니라, 그 안에 강한 행동 충동이 내장되어 있다. 이들 중 일부에서 자주 거론되는 '죽창'의 비유가 그것이다. 일단은 "금수저나 흙수저나 죽창 한 방이면 죽는 건 마찬가지"라는 섬뜩한 말에서 알 수 있듯이, 대단히 과격하고 허무적인 계급적대성의 원초적 표현으로 등장한다. 하지만 죽창은 개인적 복수의 무기가 되기도 하지만 동시에 집단적 혁명 수단의 상징이기도 하다. 그 점에서 이 말의 등장은 갈수록 엉망진창이 되어가는 한국사회를 크게 흔들어놓을 어떤 '집단적 위력'의 전조라고 볼 수도 있을 것이다.

다만 이들 불안과 분노로 무장한 젊은 세대에게 진보/보수, 여/야 등의 구분은 무의미하다. 이들은 공공연히 한국사회는 기득권을 가진 기성세대와 아무것도 가지지 못한 젊은 세대의 갈등구도로 되어 있다고 말한다. 그런 점에서 이들의 인식 구조는 아직 유아적이고 일차원적이다. 하지만 모든 투쟁은 일차원적 평면에서 시작해서 점점 다차원적이고 입체적인 방향으로 나아가며 그 안에서 주체(들)의 의식 역시 발전하게 마련이다.

헬조선, 무서운 분노의 힘이 넓고 깊게 응집된 말이다. 이 말이 어떤 행동으로, 또 어떤 사건으로 발전하게 될지 그 귀추가 자못 주목된다.

좌우에서 상하로

"우리의 성공은 좌우로 나뉘었던 정치 프레임을 특권을 누리는 상층과 이에 대항하는 하층이라는 수직적 개념으로 바꾼 데 있다." 지금 스페인에서 돌풍을 일으키고 있는 신흥 좌파그룹 포데모스의 대표 파블로 이글레시아스의 말이다. 이 말은 언뜻 들으면 형용모순이다. 원래 좌우 프레임이란 것이 '현존 지배체제를 옹호하는 우파와 그에 대항하는 좌파'를 전제로 한 프레임이기 때문이다. 그런데도 좌우 프레임을 상하 프레임으로 바꾼다는 말에는 이런 문자적 어색함을 일축하는 현실감이 있다.

첫째, 역사적인 것으로서의 좌우 프레임, 즉 부르주아(우파)와 프롤레타리아(좌파)로 이루어진 19~20세기형 대립 프레임의 유효성에 대한 회의이다. 이것은 주로 프롤레타리아 구성의 변질과 그 중심부의 부르주아에 대한 투항에서 기인한다.

둘째, 전통적 좌파이론가들과 정치그룹의 광범한 기득권화 혹은 무능화에 대한 회의이다. 서구의 사민당 혹은 공산당 등 범좌파 세력들 역시 특히, 신자유주의 이후 제대로 된 대안도 실천도 보여주지 못하고 있기 때문이다.

셋째, 실제로 신자유주의 이후 1% 대 99%든, 10% 대 90%든 기본적으로 부르주아 계급지배에서 기원했으되 그 기원만으로는 설명할 수 없는 극악한 피라미드형 사회경제구조가 형성되어 있다. 그런 점에서 '좌우'라는 두 세력 간의 대등한 갈등구조를 연상시키는 기표보다는, '상하'라는 불평등하고 위계적인 갈등구조를 연상시키는 기표가 훨씬 더 현실정합성이 있어 보이기 때문이다.

'좌우에서 상하로!'라고 요약할 수 있는 이러한 사회갈등에 관한 표상 감각의 변화, 혹은 프레임의 변화는 스페인만의 이야기가 아니라 전 세계적인 현상이라고 할 수 있다. 당연히 한국의 경우도 예외가 아니다. 한국에서는 이른바 '1987 체제'의 형성으로 잠시 어느 정도 대등한 상대가 되는 '좌우' 간의 계급적 대립 토대가 만들어진 것처럼 보였다. 하지만 사실은 곧바로 심화되기 시작한 한국사회의 신자유주의적 개편과 더불어 그 좌우대립의 감각은 이내 환상이 되어버리고, 곧바로 '상하대립'의 감각이 더 현실적인 것으로 자리 잡았다. 또한 이러한 '상하 감각'은 인구 구성의 노년화, 실업 격화와 맞물린 신세대 노동인구의 고용위기 등 본질상 계급갈등이 '구세대 기득권층 대 신세대 무득권층'이라는 세대 갈등의 형태로 나타남으로써 더 실감을 얻고 있다.

나는 적어도 외형상 상위 10% 전후의 기득권층에 속한 50대 후반의 기성세대 남성이면서 동시에 좌우대립의 감각이 더 친숙한 구좌파라는 정체성을 가지고 있다. 그러므로 이러한 상하대립이라는 프레임에서는 어쩔 수 없이 위축감을 가질 수밖에 없다. 가진 것(재산과 계급/계층/세대적 지위와 상징자본)에 대한 부채 의식이 없을 수 없기 때문이다. 그럼에도 불구하고 불만족스러운 대로 그러한 기득권 의식에서 벗어나려고 애쓰며 얼마간이 되었든 내가 가진 재산/지위/상징자본이 이러한 상하구조의 변혁을 위한 사회적 투쟁에 소용이 되기를 늘 소망하고 있기는 하다.

그중 하나가 일종의 문화적 국면에서의 노력일 텐데 '꼰대질'을 하지 않도록 노력하자는 것이다. '꼰대질'이란 곧 기득권층의 이데올로기로 무득권층 일반에 대해 억압적이고 유사 계몽적 훈육 논리를 내재화하고 동시에 자기(의 경험과 의식)를 특권화하는 것이라 할 수 있다. 그러므로 이것에 사로잡히지 않는다는 것은 계급이 되었든, 계층이 되었든, 세대가 되었든, 젠더가 되었든, 나의 '사회적 타자'들을 타자화하지 않고, 상하관계에 서는 대신 수평관계에 서서 그들과 입장을 같이하는 첫걸음을 떼는 것이 되기 때문이다.

그런데 이런 원칙적 천명에는 어려움이 없지만 실제 일상 속에서 꼰대질하지 않고 살기가 말처럼 쉬운 일은 아니다. 보잘 것 없는 수준이라고 해도 (어떤 타자들과의 관계에서는) 내가 가지고 있는 생물학적·사회적 경험 및 지식정보량의 크기에서 오는 기본적 비대칭성과 기울기라는 것이 엄연하게 존재하기 때문이다. 게다가 나는 명색이 지식인이며 가르치는 일(계몽-하기)을 업으로 삼는 대학교수에다 비평가가 아닌가. 꼰대질하기 딱 좋은 위치인 것이다.

오늘 아침 〈한겨레〉의 '2030잠금해제'라는 칼럼 꼭지에 '꼰대가 되지 않기 위한 지침'이란 글이 올라왔다. 아마 나 말고도 꼰대질하지 않으려고 안간힘을 쓰는 사람들이 꽤 있는 모양이라 생각하며 주의 깊게 읽었다. 그 내용인즉슨 괜히 '유행어 따라 하기' 같은 짓 하지 말고, 나이를 먼저 묻지 말 것, 함부로 호구 조사하거나 삶에 참견하지 말 것, (자기) 자랑을 늘어놓지 말 것, '딸 같아서 하는 말인데'라거나 '인생 선배로서 조언하는데' 같은 수사를 붙이지 말 것, 나이나 지위로 대우받으려 하지 말 것, 스스로 언제든 꼰대가 될 수 있음을 인정하라 등 대충 7계명 정도였다. 기성세대가 청년세대와 수평

적으로 소통하고자 한다면 귀담아 두어야 할 지침으로 삼아
둘 만한 글이었다. 그리고 하나하나 점검을 해보니 찔리는 데
가 없지 않다. 의식적으로 피하려고 애를 쓰는 편이지만 유행
어 따라 하기도 좀 걸리고, 가끔 아닌 척하며 하는 자기 자
랑도 걸린다.

그런데 이렇게 '비꼰대질 7계명'을 새기다보니 문득 하나의
의문이 떠오른다. 이러한 지침은 비단 청년세대뿐만이 아니
라, 모든 타자와의 수평적 소통을 위해 필요한 '타자에 대한
존중'과 관련한 기본적인 자세 혹은 예의일 것이다. 하지만
왠지 이 지침은 또 다른 의미에서 대단히 경직되고 형식화된
것은 아닐까, 기성세대 혹은 기득권층으로서의 약간의 피해의
식이 작동해서 그런지는 모르나, 여기엔 청년세대/기성세대를
가르는 (선/악까지는 아니더라도) 일종의 고정된 이분법이 작
동하는 것은 아닐까, 하는 생각이 드는 것이다. 그리고 어쩐지
너희 기성세대들이 우리 청년세대(의 고통과 분노)를 알아야
얼마나 알겠어, 하는 일종의 '역꼰대적 심성'까지도 언뜻 엿보
인다. 그러니까 이제 한국사회의 기성세대는 청년세대에게 거
꾸로 '계몽'당해 마땅한 천덕꾸러기가 되어가는 중인지도 모
른다.

상하구조가 고착되고 심화되는 사회에서 갑질하지 말라, 꼰

대질하지 말라, 명령하지 말고 소통하라, 등등 무득권층의, 하층의, 소수자의 입장에 서야 한다는 윤리적 정언들이 힘을 얻는 것은 옳고 또 당연한 일이다. 하지만 그것만으로는 충분하지 않다. 돌아가신 신영복 선생이 '애정에서 연대로 연대에서 입장의 동일함으로' 나아가야 한다는 말씀을 남겼지만, 애정과 연대와 입장의 동일함은 그저 수평적 소통과 윤리적 결단만으로 얻어지는 것은 아니다. 거기에는 치열한 상호 확인과 투쟁이 먼저 요구된다. 수평적 소통과 윤리적 결단 역시 뼈를 깎는 공부와 시시비비를 가리는 오랜 쟁론을 통해 얻어지는 것이다.

좌우대립의 시대에는 그런 게 있었(던 것으로 기억한)다. 서로의 입장에 대한 가혹할 정도의 확인과 논쟁을 통한 상호침투와 변용이 있었고, 그 과정을 다 겪고 난 다음의 동지적 애정이란 게 (물론 지독한 적개심도) 있었다. 그런데 이 상하대립의 시대에는 어쩐지 모든 게 선험적으로 규정되고, 서로 자리는 늘 고정되고, 소통은 대개 일방향성(위에서 아래로? 강자에서 약자로?)이고, 관계는 관조적이고, 논쟁은 회피되고, 그리하여 궁극적으로는 모든 문제가 허무적인 회색빛 속으로 가뭇없이 해소되어 버리는 느낌이다.

비단 세대 간 관계만이 아니라 모든 관계에서 수평적 관계 윤리를 지키는 것은 중요하다. 그러나 그것만으로 충분한 것은 아니다. 모든 주체가 자기를 솔직히 드러내고 서로 위상차와 입장차를 확인하고 명징한 시비를 가리는 것이 그 못지않게 중요하다. 그렇지 않은가? 지금 우리는 분명 과소배려와 과대적대의 사회를 살고 있지만, 지식 사회라고 불릴 만한 어떤 부분에서는 어쩌면 과대배려와 과소대립이 더 문제일지도 모른다.

지난 4·11 총선이 내게 불러일으킨 감정을 한 마디로 표현
하자면 '곤혹감'이었다. 세상을 바꾸는 일이 참 쉽지 않다는
생각이 새삼스럽게 든 것이다. 이런저런 분석적 접근을 떠나
서 그저 감각적으로만 본다면, 이런 어불성설의 권력 아래 4
년을 살아온 사람들이 어떻게 현 집권세력에게 다시 또 과반
의 의석을 줄 수 있는가 좀처럼 이해가 되지 않는 것이다. 박
정희의 딸이 등장한다고 해서, 당명을 바꾸고 약간의 개혁적
제스처를 보였다고 해서, 바로 지금 자신들의 삶을 구렁텅이
로 밀어 넣고 있는 그들에게 다시 표를 찍어줄 수 있다는 것
일까, 하는 생각 때문에 근 보름이 지난 지금까지도 여전히
입맛이 쓰디쓰다.

　이 곤혹감은 절망감보다는 가벼운 감정이지만 그 뒷감당을
생각하면 어쩌면 훨씬 더 어렵고 무거운 감정이다. 절망감은
말하자면 바닥을 치는 것과 같아서 다시 치고 올라가면 되는

것이고 그 반등의 힘은 집중적이고 전면적인 것이어서 장차 극적인 반전을 기대해볼 수도 있는, 차라리 건강한 감정이다. 반면에 곤혹감은 희망/절망처럼 처음부터 모든 것을 걸고 들어가는 '기투'적인 것이 아니고 나름의 운산을 거쳐 도모한 일이 예기치 않은 결과를 낳았을 때 생기는, 그 안에 어떤 역동성도 좀처럼 찾아볼 수 없는 대단히 소모적이고 무기력한 감정이라고 할 수 있다.

그런데 그런 곤혹감이 지금 내 가슴을 꽉 메우고 있다. 세상 참 어렵다는 생각, 어떻게 해보려 해도 계산이 잘 들어맞지 않는다는 생각, 뭔가 보이지 않는 장벽이 앞을 가로막고 있다는 생각이 부쩍 든다. 어쩐지 예감이 좋지 않다. 그렇다. 여기에는 기분 나쁜 기시감이 있다. 20년 전 1990년대 초반의 기분이 꼭 이랬다. 1987년 12월 대선에서 맛본 허탈함을 넘어 변혁운동이 다시 기운을 차려 노태우 정권과 전면전을 시작했던 그 시절. 거리는 연일 최루탄과 화염병이 난무했고 '죽음의 굿판'이라는 말까지 들으며 수많은 사람이 속절없이 목숨을 버리며 그 싸움에 임했지만, 결국 운동은 대중으로부터 고립되고 재가 식어가듯 서서히 그 생명을 다해가던 그 시절. 그때도 나는 절망감보다는 곤혹감에 더 사로잡혔었다. 그런데 지금 또다시 그때의 곤혹감이 되살아난다.

20년 전과 지금, 결국 기시감으로 연결된 두 시기의 특징은 한 마디로 대중의 배반이라고 할 수 있다. 1990년대 초반에 대중은 노태우 정권이 위장한 군부독재권력이라는 것을 충분히 알면서도 직선제 개헌 이상의 어떠한 변혁 프로그램에도 지지를 보내지 않고 기꺼이 '운동권'을 고립시켰다. 2012년 봄, 대중은 새누리당 정권이 여전히 신자유주의적 특권세력을 위한 권력임을 알면서도 기꺼이 다시 그들을 선택했다. 가을에 대선이 있지만 지금으로써는 대선이 희망적이리라는 아무런 보장도 운산도 없다.

1990년대 초반 배반에는 이유가 있다. 그때 대중은 사상 초유의 호황에 따른 물적인 안락함을 누리고 있었기 때문이다. 거기에 낡은 변혁논리를 들이대는 것은 일종의 시대착오였다. 하지만 지금은 왜? 신자유주의에 의한 고통이 극에 달한 지금 대중은 왜 여전히 보수편향인가. 생각해 보면 역시 이번에도 배반의 이유는 있다. 대안이 없기 때문이다. 20년 전 한 줌도 안 되는 이른바 '운동권'에게 유사군부독재 정권보다 더 나은 세상을 가져오리란 믿음을 갖지 못했듯, 지금 대중 역시 자신들의 가시권 안에 있는 대안세력인 야당 세력 또한 다를 바 없는 부르주아정당에 불과하며 신자유주의의 막강한 힘을 제어할 힘도 비전도 갖지 못했음을 현명하게도 알아차린 것이다. 그러므로 20년 전의 곤혹감이 낡고 시대착오적인 변혁 이론의 잘못된 운산에서 온 것처럼, 이 봄 내가 다시 느끼는 곤혹감은 그 반대로 대중의 더욱 발본적 요구에 못 미치는 개량주의적 정치프로그램의 잘못된 운산에서 온 것일지도 모른다.

이럴 때일수록 발본적 사유가, 발본적 대안이 필요한 것이라는 생각이 든다. 이런저런 현실적 조건이나 제약들, 내면화된 억압이나 금기에서 자유로운, 곧이곧대로 자유와 해방을, 그리고 그것을 이루는 방법을 솔직히 말하고 그것이 왜 필요한가, 왜 우리에게 그것이 옳은가 눈을 똑바로 뜨고 말하는 것이 필요하다. 이렇게 살아갈 수는 없는 거라고, 이런 나날은 노예의 나날이고 지금 당신의 작은 위안이란 노예의 휴식이고 한갓 죽음의 춤에 불과한 것이라고 까놓고 말하는 것이 필요하다.

그렇게 해야 한다고 생각하는 동안 나는 말이 칼처럼 쓰이던 시절들을 떠올렸고 다시 문학을 생각해냈다. "문학은 영구 혁명 중인 사회의 주체성"이라는, 사르트르가 발신인이고 가라타니 고진이 한번 중개한 바 있던 그 유명한 구절을 생각해냈다. 나는 문학에 대해 다른 것은 알지 못한다. 나의 시대에 문학은 혁명과 동의어였고, 그렇지 않은 문학은 내게 허접

쓰레기나 마찬가지였다. 과학의 이름으로 된 거시적인 변혁프로그램도, 현실의 이름 아래 이루어지는 소소한 개량적 정치 프로그램도 고통받는 민중의 현실과 아귀가 맞아 들어가지 않을 때 어쩌면 더 요긴한 것은 일찍이 문학이 그 이름 아래 세상을 바꾸는 힘이었던, 불가능한 것을 꿈꾸며 가장 불온한 것에 열광하는 낭만적 기획, 유토피아적 상상력일지도 모른다. 그 상상력, 그 기획의 이름 아래 이루어지는 뜨거운 어떤 것을 위해 문학이 다시 앞장설 수 있는가 어떤가 지금 나는 다시 생각해 보고 있다. 가능할까? 문학이, 문학은, 문학으로?

나는 지금 조증이다

　어제는 홍대 앞에서 문화연대가 주관한 '신경숙 표절사태와 한국문학의 미래' 2차 토론회에서 천정환 교수 발제에 대한 토론자로 몇 마디 말을 거들었다. 그리고 오늘 오전에는 프레스센터에서 한홍구 교수가 주관한 《반헌법 행위자 열전》 편찬 사업 기자회견에 33인 제안자 중 한 사람으로 참가해서 제안자 대표 발언을 하고 왔다.

　어제 토론회에서 내가 작정하고 '센 말'을 했다는 후문이 도는 모양이다. 그게 그렇게 센 말일까? 나도 정확히 기억하지는 못하지만 이런 말이었다. "창비와 문동이 당장 그 찌라시로 전락해버린 잡지들을 폐간하거나, 아니면 그동안 번 돈으로 출판 자본으로부터 완전히 독립한 비평 전문 저널을 만들어 내기로 한다면, 그리고 출판사의 기획이나 경영에서 작가나 비평가들이 손을 뗀다면, 나는 그들의 진정성을 받아들일 것이다." 하지만 나는 센 말을 한 게 아니라(물론 말투는 좀

'세계'했지만) 내가 생각하는 가장 합리적인 대안을 표현한 것이었다. 그게 이루어지지 않으면 그들은 여전히 문학의 이름을 내걸고 하던 장사를 계속하겠다는 뜻이며, 이번 '사태'는 착한 독자들이 기대하는 어떠한 바람직한 해결에도 이르지 못한다는 것이 내 생각이다.

오늘 기자회견에서도 나는 비교적 센 말을 했다. "헌법을 만들자마자 그것을 능멸하기 시작한 세력들을 정죄해야 한다"는 취지의 말이었다. 하지만 오늘의 일은 거기서 무슨 말을 한 것과 상관없이 그 자리에 제안자로 참여했다는 사실만으로도 공개적으로 이른바 '대한민국 주체세력'이라 자처하는, 그리고 지금도 두 눈을 시퍼렇게 뜨고 살아있는 세력들과 한판 제대로 싸우자는 선전포고를 한 것과 다름없다.

이것은 일종의 조증(躁症)임에 틀림없다.

세월호 사건이 터진 작년부터 올 봄까지는 내내 눈물 속에 살았으니 울증(鬱症)이 분명했고, 요즈음은 아주 작정을 하고 싸움꾼 노릇을 하니 조증이 분명하다. 하지만 조증이든 울증이든 원인은 같다. 내가 이 세상에 지독한 염증을 내고 있기 때문이다. 내게는 세월호 사건이나 이번 표절 사건이나 하나도 다를 게 없다. 작은 타락과 작은 용서와 작은 자기 합리화가 조금씩 모여 어느 날 걷잡을 수 없는 괴물의 형상으로, 거침없는 진격의 거인으로 자라나 거꾸로 우리들을 때려눕히고 있다는 점에서 똑같다.

나는 그게 견딜 수 없다.

그런데 표절 사건이 더 나쁜 점은, 그것이 작가/지식인들에 의해 저질러졌다는 점이다. 문학에는 전부도 전무도 없다. 맞는 말이다. 문학에는 절대선도 절대악도 없다. 맞는 말이다. 하지만 윤리에는 전부와 전무가 있다. 윤리에는 절대적 옳음과 절대적 그름이 있다. 거기에는 중간이 없다. 둘을 혼동하지 마라. 문학의 이름으로 몰윤리를 숨기지 마라.

나는 지금 조증이다.

꼭 문학이 아니라도 좋다

아침 〈경향신문〉에 신경숙 인터뷰가 실렸다는 사실도 모르고 보리(우리 강아지)와 긴 산책을 하고 와서 늦은 아침을 먹고 있는데 신문사, 인터넷뉴스, 공중파 텔레비전 등에서 연이어 연락이 왔다. 가히 메뚜기 한 철이다. 한국문학에 대한 환멸 때문에 오랫동안 평필을 놓아온 '전직비평가'로서는 좀 난데없는 일이 아닐 수 없다.

이제 신경숙에 대해서는 더 말할 것이 없어 보인다. 좀 늦은 감이 있지만 어쨌거나 모습을 드러내서 '결과적 표절'이라는 답변을 하고 사과를 했으니 미흡하게 느끼더라도 어쩌겠는가. 그것은 그의 몫이고 자기 그릇 크기만큼의 결론일 테니 말이다. 다만 글 쓰는 사람으로서의 자의식 혹은 자존심이 거기까지밖에 안 되는 작가가 시나브로 동시대의 최고 작가 반열에 올라가 있게 된 한국문학의 상황에 쓴 웃음을 지을 뿐이다.

문제는 이미 여러 번 말한 대로 이런 현상을 낳은 한국문학장의 시스템이다. 지금으로서는 새삼스럽게 세 개 대형 문학출판자본+중요 문학계간지 결합체가 협업적으로 굴려나가는 시스템, 즉 '그들만의 리그'가 해체되거나 갱신되어 문학장의 개변이 일어날 가능성은 거의 없어 보인다. 그러려면 출판사 창비로부터 계간지 《창작과비평》이, 문학과지성사로부터 《문학과 사회》가, 문학동네로부터 《문학동네》가 분리되거나, 아니면 그에 필적할만한 정당한 권위를 갖춘 독립 문학저널이 만들어져 독립적이고 자유로운 비평적 소통과 담론 형성이 가능해야 할 텐데 그게 현재로서는 난망이라는 말이다.

아마도 이 한바탕의 소동이 지나가면 언제 그랬냐는 듯 제2, 제3의 신경숙을 찾아내 팔아먹으면서 지금의 행복하고 안정된 '레짐'은 지속되고 번영할 것이 틀림없다. 문학이 무엇이기에, 무에 그리 대단한 위의를 가진 것이기에 이런 안정을 깨고 성찰이네 혁신이네 하는 모험을 하겠는가. 그러면 '돈'이 된다는 말인가?

문학이 나서서 도움을 준다면 마다할 것은 없지만, 이제 굳이 문학을 불러내서 이 더러운 세상과 맞서는 데 앞장을 서라고 할 이유는 없다. 문학이 한 시대의 진보적 아이콘이던 시절은 지나갔으며 그런 시절이 다시 오리란 예측도 그리 쉽지는 않다. 왜냐하면 지금 문학하는 자들도 스스로 그런 '계관'을 달가워하지도, 굳이 찾아 쓰려고도 하지 않기 때문이다. 문학판에서 진보, 양심, 사명…… 이런 말들만 들으면 절로 썰렁해지게 된 게 어제오늘 일이 아니다. 용산 참사, 세월호 참사 등을 겪으며 이제야 '문학과 정치' 운운하며 마치 잠에서 갓 깨어난 아이 옹알이하듯 조금씩 그런 눈치를 보이고 있지만, 그것은 아직은 아주 미미한 '기척'에 불과할 뿐 주류의 양상은 여전히 혼곤한 반수면 상태에 머물러 있다.

그러니 표절이 대수인가. 어떻게든 온갖 방법을 동원해서 새로운 '상품 미학'을 만들어 내고, 그것에 비평적 포장을 해서 한바탕 잘 팔아먹고, 그 약발이 다하면 다시 새로운 '상품성'을 찾아 나서서 그것을 '문학성'의 이름으로 분식하여 다시 또 팔아먹고 하는 이 잘 만들어진 순환체계를 쉽사리 버릴 이유가 없다. 왜? 돈이 되니까!

그러므로 나는 한국문학에 별로 기대를 하지 않는다. 처음부터 문학 아니면 죽음을 달라는 식으로 문학에 발을 들여놓은 것도 아닌데, 내가 왜 문학 쪽 사정에 목을 매고 애달아 해야 하겠는가. 세상과 맞서고 세상을 바꾸는 데 좀 더 도움이 되면서도 좀 더 효율적인 매개가 있다면 나는 언제든 말을 바꿔 탈 용의가 있고 또 그러고 있는 중이기도 하다. 순진한 문학주의자들에게는 조금 미안한 말이지만, 나는 〈객지〉의 동혁이 말을 빌려서 이렇게 말하고 싶다. "꼭 문학이 아니라도 좋다"라고.

아니 어쩌면 여전히 글쓰기를 무기로 삼는다는 점에서 나는 조금 더 넓은 의미에서 문학의 가능성을 꿈꾸고 있는지도 모르겠다. 아무튼 지금 한국문학의 풍경 속에서 내가 낄 자리는 별로 없다. 그리고 거기 끼고 싶은 생각도 없다. 그러니 작금의 표절 사태를 두고 그렇게 안타까워한다거나 분노한다거나 하는 것도 원래 내 할 일은 아니다. 그것은 그들의 일이다. 어떤 욕을 먹건, 어떤 평가를 받건, 수단과 방법을 가리지 말고 잘들 해먹을 수 있을 때까지 해먹어라. 어차피 적당히 폼 잡고, 적당히 수입 잡고, 그러면서 (신경숙처럼 악착같이) 살아남으면 되는 사업 아닌가, 문학이란 게. 이제는.

이시영 선생님께

됐습니다. 선생님의 빠르고 진심 어린 사과를 받아들입니다. 다만 제가 선생님께 "밥 한 끼도 같이 한 적 없는 문단 선배" 운운한 것은 지난 80년대까지 소급되는 것이 아니라 길게는 90년대 이래 20여 년, 짧게는 2000년대 이래 10여 년 동안에 해당하는 이야기라는 것을 다시 말씀드립니다. 가진 것 없어도 만나기만 하면 서로 좋았던 80년대에는 선생님뿐만 아니라 이루 헤아릴 수 없는 사랑스러운 '동지'들이 있었습니다. 그 시절 기억까지 부정하는 것은 아닙니다. 하지만 반대로 저는 무슨 '한 번 해병은 영원한 해병' 식의 인연론에 얽매이고 싶지는 않습니다.

날카로운 단층대를 건너온 것처럼 그 같은 시절은 좀처럼 돌아오기 힘들고, 그 사이에 세상도 사람도 그만큼 많이 변했습니다. 시절이 사람을 다 잡아먹은 폭이지요. 사람과 사람 사이의 관계란 것은 그날그날의 일 속에서 상호작용으로 새롭게 규정되는 것일 뿐, 그 어떤 과거의 인연도 현재의 관계를 선규정할 수는 없다고 봅니다. 지난 20년 세월 동안 많은 사람이 변하고 많은 관계가 상처로 혹은 흉터로 변해온 것을 매우 여러 차례 쓸쓸한 마음으로 목도해 온 저로서는 과거의 인연에 기대 현재를 적당히 얼버무리고 싶은 생각이 별로 없습니다. 양해해주시기 바랍니다.

그러면 서로에 대한 결례에 대해서는 이 정도로 정리가 되었다고 보고, 신경숙 표절 사건에서 시작된 오늘의 문학판 사태와 거기에 얽혀들게 된 저 자신에 대해서 조금 더 이야기해볼까 합니다. 선생님께서 지난 6월 중순 이후 제가 페이스북에 남긴 글을 일별하셨다면 대강 눈치채셨겠지만, 저는 애초에 이 일에 개입할 의도가 별로 없었습니다. 2000년대 중반 이후 저는 스스로 문학판을 떠났다고 생각했기 때문입니다. 제가 문학에 입문한 것도 무슨 '문학은 내 운명' 식의 문학교도로서가 아니라 80년대 상황에서 저로서는 문학이 가장 효율적인 변혁 운동의 도구라고 생각했기 때문입니다. 그런데 90년대 이후의 한국문학은 변혁 운동의 자리에서 이탈해 버렸고 시간이 갈수록 신자유주의 시스템의 문화적 하위영역에 편입해 들어갔습니다.

제 나름으로는 비평과 칼럼 등을 통해 그에 대해 저항하고 문제를 제기하노라고 했습니다만, 그야말로 저 자신의 실력도 체력도 부족함을 절감함과 동시에 '광야에서 외치는'식의 대응이 허망한 토로에 그친다는 것을 알게 되었지요. 그걸 환멸이라 불러도 좋습니다. 또한 개인적으로는 대학에서 일자리를 얻게 되기도 하여 과거 문학을 연구하고 가르치는 일에 더 집중하게 되었습니다. 동시에 1999년부터 《황해문화》에 관여하면서 문학장보다는 더 관심을 넓혀 2000년대 이후의 한국사회의 동역학에 더 많은 관심을 기울이게 되었지요.

그러므로 표절 사건이나 문학권력 논란에 대해 저는 한 사람의 문학인으로서 내부 관점에서가 아니라 한국사회 전체의 어떤 착종이 문학판의 문제로 불거져 나온 현상으로, 즉 외부자 관점을 취하고 있었습니다. 그러니까 엄밀히 말하면 저는 이 문제에 대해서 '실력'이 없는 것이 아니라, 사실은 그다지 '관심'이 희박했었다고 보는 게 더 정확할 겁니다. 다만 이렇게 보다 깊이 관여할 수밖에 없게 된 까닭은 사건 초기에 언론매체에서 아마 이 문제에 대해 논평할 '현역비평가'들을 찾기 힘들어 과거에 한마디라도 했던 저 같은 퇴역에게까지 손을 뻗었고 제가 부지불식간에 몇 마디 거들었기 때문일 겁니다. 그때부터는 저도 내놓은 말에 책임은 져야 했으니까요.

제가 이 문제에 한발 더 깊이 들여놓게 된 것은 다름 아닌 창비 때문입니다. 멀게는 90년대 중반, 가까이는 2000년대 이후 문학판의 한 축으로 창비의 변모에 대해 여러 측면에서 안타까움이나 아쉬움을 느끼고 있었습니다. 그럼에도 저는 백낙청 선생과 창비 그룹이 분단체제론이나 동아시아론 등을 통해 한국사회 변혁담론의 지형에 일정하게 활력소를 제공해오고 있었다는 점에 대해서는 그 문화사적 역할을 인정하고 있었습니다. 그런데 그런 창비가 신경숙 표절 사건에 대해서 적절한 대응을 할 기회를 스스로 잃어가고 있는 것을 목도하면서 창비와 백낙청 선생의 위상과 성격에 대해 심각한 회의를 하지 않을 수 없게 된 것입니다. 정확히 말하면 자본으로서의 창비가 진보적 담론 생산처로서의 창비를 잡아먹는 과정을 눈앞에서 확인한 것이지요.

제가 창비에 대해 잡지 폐간과 편집위원 전원 사퇴 등의 과도해 보이는 주문을 한 것은 거꾸로 말하면 창비의 포지션, 즉 불가피하게 자본으로서의 내포를 가지더라도 외형으로서는 여전히 하나의 '운동체'로서의 성격을 가지는 창비(아마 이것이 지금 창비그룹의 자기 방어논리일 겁니다)로서는 이러한 다소 과장된 제스처는 보여주어야 대중의 신뢰를 잃지 않으리라는 나름의 '충정' 때문이었습니다. 말 그대로 "마침 잘 되었다. 이 기회에 창비 망해라" 하는 식의 치졸한 공격과는 거리가 먼 것이었습니다. 하지만 창비는 일사불란하게 저의 이런 바람과는 완전히 반대의 길을 가더군요.

특히 백낙청 선생께 실망하지 않을 수 없게 되고, 그분에 대해 이른바 '금도를 넘는' 것으로 보이는 반응을 보이게 된 것은 그분의 태도에서 자신이 이루어온 것을 하나도 잃지 않으려는 강력한 독선을 읽었기 때문입니다. 《외딴 방》에 보낸 그분의 과찬과 만해문학상 시상 등이 무리했던 것이 아니라 정당했다는 것, 당신이 책임지고 있는 창비에 실수나 오류란 있을 수 없다는 것. 나는 백낙청 선생의 태도에서 이처럼 자신의 실수나 잘못을 인정하지 않으려는 그분의 오래된 고집이 더욱더 완고한 형태로 확대 재생산되고 있음을 강하게 느낄 수 있었습니다.

그리고 한두 명 평직원들의 작은 반란(?) 외에 창비 편집위원진 내부에서 보이는 불가사의할 정도의 일사불란함은 백 선생님의 독선과 그 지배력의 크기에 대한 강력한 방증으로 여겨졌습니다. 그런 그들이 저만치 나가서 기다리고 있다고요? 그것은 선생님께 여전히 창비에 대한 판타지가 있기 때문일 것입니다. 저는 창비에게서 진취적이며 유연하고 자유로운 지성의 냄새를 못 맡게 된 지 오래입니다. 대신 백낙청 일인체제를 지탱하는 숨 막히는 관료시스템이 제가 지금 아는 창비의 모습에 더 가깝습니다.

누군가를 비판하고 공격하는 일은 비판자에게도 그만한 부담을 안겨주는 일입니다. 백 선생에 대한 저의 요즘과 같은 격한 대응은 고백건대 그 분에 대한 저의 오랜 애정과 존경을 떼놓고는 이해할 수 없습니다. 백 선생 자신에게도 지금과 같은 행보는 그의 오랜 명예를 지키는 일이 아니라 잃어가는 일이지만, 저에게는 얼마 안 되는 마음속의 어른 한 분을 잃는 일이기도 합니다. 저는 유독 백 선생님만 만나면 마치 어리광을 부리듯 그분께 결례에 가깝게 말을 막하곤 했는데, 그것은 마음껏 비판해도 늘 넉넉히 받아주는 그 분의 저에 대한 애정(?)을 잘 알기 때문입니다.

그 당시는 논쟁을 하면서도 큰 틀에서 우리는 하나로 묶여 있다는 생각이 있었는데 요즘에는 그런 생각이 들지 않습니다. 요즘처럼 백 선생님이 남처럼 낯설지는 않았습니다. 참으로 슬프고 쓸쓸하기 짝이 없는 일이지요. 그렇기 때문에, 그 쓸쓸함과 슬픔을 견딜 수 없어서 저는 더욱 더 금도를 넘어서 그분에게 악을 쓰고 있는지도 모릅니다. 그 심정을 모르시겠습니까? 선생님은 백 선생에 대한 저의 집착이라고 했는데, 그것은 선생님이 생각하듯 '권위에 대한 적대적 의존' 같은 것과는 성격이 다른 것입니다.

앞으로 문학권력 논쟁이 얼마나 제대로 이루어질 지 섣불리 예측할 수는 없습니다. 다시 말하지만 저는 사실은 창비만 개입되어 있지 않다면 이 문제에 큰 관심이 없습니다. 문학동네에 대해서 제가 보다 너그러운 것은 그들은 창비와는 기원이 다른, 90년대 이후의 한국문학장에 최적화된 문학출판기계이기 때문입니다. 더 이상 대문자 문학이 불가능한 세상에서도 소문자 문학은 존재하게 마련이고, 그런 소문자 문학은 상품 생산과 유통이라는 자본주의적 질서 속에서 어떻게든 자기존립을 해야 합니다. 그러기 위해서는 문학동네 같은 출판사와 매체는 필요할 것입니다.

그들에게 요구할 것은 일종의 상도덕이지 거창한 사명감은 아니거든요. 이런 문학동네에 대해서 문학권력론을 심각하게 들이대는 것은 그야말로 오버고 난센스라고 생각합니다. 게다가 그들은 얼마나 몸이 빠르고 스마트합니까. 나는 그런 그들에 대해 종주먹을 들이대는 것이 문학권력 논쟁이라면, 솔직히 거기서는 빠지고 싶습니다.

창비도 마찬가지입니다. 백 선생님이 지금과 같은 독선적이고 (좀 더 독하게 말하면) 오만하고 자아도취적인 행보를 보이는 동안의 문학권력 논쟁은 냉정한 논리적 상호작용으로서가 아니라 윤리적 비난과 반비난(이미 백 선생님은 '비판자의 성

찰'을 요구하면서 이러한 기미를 보였습니다)으로 점철될 가능성
이 높습니다. 이런 상황에서 현실의 문학판을 떠난 것이나 마
찬가지인 제가 무슨 보람을 기대하며 전심전력을 기울여 여
기에 올인하다시피 해야 하는지 저는 스스로 설득할 수 없습
니다. 제가 창비와 백 선생의 자기성찰을 전제조건으로 다는
것은 그 때문입니다. 저는 창비가 적어도 지난 20년 동안의
자기 존재에 대한 진지한 성찰과 그에 값하는 반성의 형식을
취하지 않는 한, 어떠한 관여도 하고 싶지 않은 게 솔직한 심
사입니다. 다시 말하지만 윤리적 문제는 논리적 쟁론의 대상
이 아닙니다.

그래도 오랜만에 이렇게 별별 얘기를 다 나눌 수 있어서 좋
았습니다. 싸우면 친해진다고 오늘의 이러한 주고받음이 나이
차이를 떠나 좋은 벗으로서 선생님과의 새로운 관계를 만드
는 기회가 되었으면 하는 희망이 없지 않습니다. 부디 건강
건필하십시오. 제 글에 혹시 결례나 부족한 점이 있다면 그것
은 순전히 페이스북이라는 자리의 한계 때문이지, 제 본의는
아니라는 것을 혜량해 주시리라 믿습니다.

문제는 계엄령이 아니다

황지우의 시 〈청동 마로니에숲〉에 이런 구절이 나온다. "지금은 국회의원이 된 L이 빠르게 속삭이고는 사라졌다 / YS가 다시 계엄령을 선포했으니 어서 피하라 / 는 말을 들었을 때 나는 왜 그랬을까, 기뻤다." 90년대 후반쯤 되었을 것이다. 이 시를 처음 읽고 역시 황지우다! 어쩌면 내 마음과 똑같을까? 라고 혼자서 무릎을 친 기억이 난다.

어떤 사람들이 "잃어버린 10년"이라고 명명한 시절, 아니 그보다 더 길게 잡아 1990년대와 2000년대의 20년으로 이루어진 이른바 민주화 시대에 논공행상이 되었든 연줄이 되었든 정치권으로 진출해서 한몫을 잡고 한 영화를 누렸던 친구들과, 이제는 공적인 희생은 할 만큼 했다며 각자 자기 인생을 살기로 마음먹은 친구들 외에, 뭔가 아직도 더 할 일이 남았다, 아니 이런 세상에 안주하려고 그렇게 뼈를 깎으면서 살아온 것은 아니다, 라고 생각하던 나를 포함한 여러 친구를 지배했던 것은 주관적·관성적 의지와는 어울리지 않는 어떤 무기력증이었다. 이게 아니라는 것은 알겠는데, 이게 아닌 것은 또 무엇인가 확언할 수 없는 불투명한 상태에서 비롯된 이 무기력증은 생각보다 심각한 것이었다.

그 무기력증의 정체는 무엇이었을까? 1970~1980년대를 거치면서 어지간히 이념적 무장을 했고 그에 걸맞은 투쟁 경력을 쌓았다고 자부(?)했었다. 그러나 현실 사회주의가 아니라 그 할아버지가 붕괴했다고 해도, 분명 제대로 된 사회는 아직 그 입구 언저리에도 도달하지 못했는데도 시나브로 기운이 빠져 허우적거린 것을 보면, 인간은 역시 뼛속까지 이른바 존재피구속성을 못 벗어나는 존재라는 생각이 든다.

아직 젊었고 책임져야 할 가족도 없었던 세대 속성과, 무엇보다 모두가 일상 속에서 억압과 고통을 실감했던 시대적 속성이 결합되었을 때에는 정말 명료한 의지를 가지고 일직선으로 나아갈 수 있었다. 그러나 나이도 들고, 적어도 일상적 억압은 사라지고, 게다가 한국사회는 예상보다 훨씬 풍요로워지면서 머릿속에는 희미하게 유토피아적 몽상의 잔상과 관념적 반항 기질이 남아 있으나, 몸은 이미 중산층적 여유와 어느새 회복된 기득권에 푹 찌들어 마치 물먹은 소금 자루처럼 주저앉게 된 것이었다. 그뿐만 아니라, 탈근대담론의 홍수

속에서 지난 시절 열광했던 계급이며 민족이며 민중이며 분단극복이며 이런 말들이 '억압'이며 심지어는 '폭력'이라고까지 조리돌림 당하고 있지 않은가.

이런 분열, 혹은 분열의 기억 속에서 헤매는 동안 내 의지의 힘으로는 돌멩이 하나도 옮기지 못한다는 느낌이 오기 시작했고, 그에 따라 명징했던 의식은 급격히 탈주체화되고 의타적이게 되어갔다. 누군가 매질이라도 했으면 하는 마조히즘적 의식이 고개를 든 것이다. 군사 쿠데타라도 났으면, 계엄령이라도 내렸으면, 세상에 명백한 선/악 구별이 생겨서 아무런 고민 없이 적과 피 터지게 싸울 수 있었으면, 그러면 이 막막한 무기력 상태, 견딜 수 없는 분열증에서 벗어날 수 있을 텐데, 라는 생각이 고개를 들곤 했다. 하지만 계엄령은 어디에서도 오지 않았고 무슨 짓을 해도 체제는 좀처럼 위협으로 느끼지 않는 시간이 오래 흘렀다.

그런데 MB정권이 들어섰다. 비록 희극적인 모습으로지만 정치적 억압과 폭력이 귀환했고 그에 따라 투쟁심과 공격성이 조건반사처럼 되살아나게 되었다. 비록 계엄령이나 긴급조치처럼 비장한 결단을 유발하는 상황은 아니더라도 이제 허공을 떠돌던 저항의 관성은 비로소 제 목표를 만나게 되었다. 현존 권력에 대한 공공연한 풍자와 공격, 개탄과 저주가 이처럼 일상화된 국면이 언제 또 있었던가? 하지만, 그럼에도 불구하고 뭔가 다르다. 실존적 충만감이라고나 할까? 이 전선에는 그런 꽉 찬 느낌이 없다. 적의 존재가 그만큼 덜 압도적이어서 그런 것일까? 그런 점도 없지 않겠지만, 그와 대결하는 내 존재의 공허성이 더 문제일 것이다.

이 정권을 이긴다고 해서 어쩔 것인가? 그저 상식을 회복하면, 그 이전 상황을 회복하고 다시 반동이 오지 않게 단속을 잘하면 될 것인가? 그러면 그때 또 밀려드는 근원적 무기력은 또 어떻게 할 것인가? 아니면 그조차 넘어설 어떤 준비라도 되어 있는 것인가? 정말 전망이라고 할 만한 어떤 것이 있는가? 이런 물음 앞에서 나는 다시 말을 잃게 될 것이 분명하므로 지금 이 희극적 권력과 맞서는 이 모처럼의 흥분과 활기조차도 지레 열없는 것이 되고 마는 것이다.

그러니까 문제는 계엄령이 아니다. 열악하고 위험한 외부 상황이 아니다. 그에 맞서야 할 주체의 문제이다. 옛 말투로 말하자면 혁명적 주체 없이는 어떤 혁명적 상황도 없는 법이다. 오늘 진보의 위기라는 말이 마치 안줏거리처럼 회자된다. MB정권은 곧 끝나게 되고 분명 상황은 나아질 것이다. 그리고 그만큼 상황이 나아지기 위해서도 수많은 사람의 분투가 필요할 것이다. 글을 쓰고 말을 하고 때론 어떤 희생을 무릅쓰고라도 그 분투에 힘을 보태게 될 것이다. 하지만 그런다고 할지라도 세상은 거의 미동도 하지 않는다. 그 변화는 언제나 성에 차지 않는다. 거기서 만족하는 것은 진보가 아니다. 그런데 더 나아갈 길이 잘 보이지 않는다. 아니 무엇보다 자신에게 그 길을 설득하지 못한다. 그게 진보의 딜레마다. 이 딜레마를 어떻게 극복할 수 있을 것인가.

누구를 믿을 수 있을까

이 시대는 분명 자본과 우익의 지배가 관철되는 시대이다. 하지만 그 지배는 권위주의적이고 독재적인 지배가 아니라 헤게모니적 지배이다. 적당한 강압과 적당한 회유, 적당한 타의와 적당한 자의에 의해 절대다수 사람이 그 지배에 동의하고 있는 시대인 것이다. 이 시대가 지난 시대와 다른 점은 우선 능히 맞서 싸워야 할 '주적'이 보이지 않는다는 것이다. 박정희와 전두환 지배 시대에는 그 권위주의의 우상을 주적으로 삼아 싸움을 걸면 그쪽에서도 기다렸다는 듯 싸움을 받아주고, 그 싸움이 일어나는 곳은 곧 시대의 최전선이 되어주었다. 하지만 지금은 그렇지 않다. 이명박이나 박근혜를 상대로 싸움을 걸 수는 있겠지만, 그들은 적의 그림자이지 적은 아니다. 그들과 싸운다는 것은 마치 피 묻은 빗자루와 싸우면서 도깨비와 싸웠다고 하는 꼴이 되기 쉽다.

지금 우리의 적은 하나가 아니고 중심도 없다. 그것은 때로는 극우냉전세력이었다가, 독점자본이었다가, 신자유주의 시스템 혹은 이데올로기였다가, 그것을 집행하는 테크노크라트들이었다가, 이 모든 것에 의해 세뇌된 평범한 이웃이었다가, 어느새 그들과 공모하고 있는 우리 자신이기도 하다. 놀랄만한 적의 다원성이다. 이 여러 얼굴의 적이 혹은 실체였다가 혹은 그림자였다가 끝없이 형태와 행태를 바꾸어가며 우리 앞에 나타나, 웃다가 돌연 우리 뺨을 후려치고 울다가 돌연 뒤통수를 때리고 사라진다.

이를테면 나는 통합진보당의 강령보다 더 좌익적인 생각을 하고 있으며 그것을 말하는 데 주저하지 않는다. 하지만 나는 지금 멀쩡히 어떤 구속도 당하지 않고 잘살고 있다. 박정희 시대 같으면 나는 벌써 잡혀가 중앙정보부 지하실에 있을 것이다. 하지만 오늘의 적은 그렇게 하지 않는다. 그만큼 약해진 것이기도 하고 그만큼 약아진 것이기도 하다. 어쩌면 '적들'조차도 이제는 스스로 어떤 정체성으로 묶어내지 못한다. 자기도 자기가 누군지 잘 모르는 것이다. 그것은 우리가 우리 스스로 누구인지 잘 모르며 우리에게 어떤 중심도 없다는 사실과 정확히 대응한다.

그리고 또 하나, 능히 그것을 위해서 싸워야 할 '목표'가 보이지 않는다는 것이다. 우리는 과연 우리라는 말이 성립 가능한가를 묻지 않을 수 없을 정도로 저마다 다른 정체성과 다른 '이상'을 지니고 있다. 우리는 누구인가? 나는 지금의 나 자신인가, 아니면 내가 욕망하는 어떤 것인가? 내가, 내 말이 옳다는 것을 어떻게 입증할 수 있는가? 나는 진정으로 이타적일 수 있는가? 우리가 싸워야 한다면 무엇을 위해서인가? 인간해방? 민주주의? 자유? 평등? 박애? 민족통일? 도대체 어느 것인가? 어느 누가 이 모든 적의와 분노, 연민과 고통을 넘어선 그곳이 어디인지, 어떻게 그곳에 도달할 수 있는지 감히 말할 수 있을까? 어느 누가 나는 이것을 위해 목숨을 건다고 감히 말할 수 있으며, 그가 목숨 거는 그것이 다른 모든 이들에게도 행복을 가져다주리라고 감히 말할 수 있을까?

지금은 그저 '다수의 적'과 '다수의 우리' 사이에서 전선 없는 싸움이 하염없이 벌어지는 형국이다. 그리고 그 안에서 때론 가장 가까웠던 것이 가장 적대적인 것이 될 수도 있고, 가장 적대적이었던 것이 어쩌면 가장 훌륭한 우군이 되기도 한다. 이곳은 말하자면 거대한 눈먼 자들의 전장인 셈이다. 사실은 모두가 자기 눈앞의 이해를 위해 싸울 뿐인 곳이다. 먼 곳을 바라본다거나 전체를 조망한다거나 하는 것은 처음부터 불가능한 것일 수도 있고, 우리에게는 당분간 그럴 능력이 없는 것일 수도 있고, 어쩌면 아주 어쩌면 그러면 그럴수록 한갓 환영에 사로잡힐 수도 있는 일이다.

지독한 혼돈이다. 이 혼돈 속에서 우리, 아니 내가 할 수 있는 일이란 그저 한 걸음 한 걸음 조심스럽게 내딛는 것뿐이다. 그것이 옳은 것인가 하는 판단이 어렵다면, 그저 옳다고 믿을 만한 것들을 행해 나아갈뿐이다. 그것이 그른 것인가 하는 판단이 어렵다면, 그저 그르다고 믿을 만한 것들과 싸워 나갈 뿐이다. 다만 매 순간 그것이 나의 사적인 이해관계로부터 비롯된 것은 아닌가, 내 입장이 틀릴 수도 있지 않은가, 내 선의의 행동이 어쩌면 분명 악한 자가 아닌 선한 자들에게 본의 아니게 고통을 주게 되지는 않을까 거듭 숙고하는 것이다. 누구도 믿어서는 안 된다. 그가 언제 적이 될지 모르기 때문이다. 심지어 자기 자신까지도.

우리는 인간인가

"불안을 누른 분노"

오늘 자 〈한겨레〉가 그리스 국민투표 결과를 두고 1면 하단에 뽑은 리드다. 불안은 영혼을 잠식하고, 분노는 영혼에 상처를 준다. 불안은 영혼을 유폐하지만 분노는 '가끔은' 영혼을 해방시킨다. 물론 그 분노가 해방으로 이어지지 못하면 더 큰 불안이 엄습하지만, 그래도 분노를 알지 못하는 불안한 영혼보다는 불안을 떨쳐 이기는 분노하는 영혼 쪽에 한 표를 던진다. 그게 더 인간답기 때문이다.

조르바의 나라 그리스인들이 끝없이 인간을 모독하는 이 세계를 향해 분노할 줄 아는 인간의 존엄을 보여줬다. 이제 더 큰 파국과 더 우울한 불안이 닥쳐올 수도 있지만, 아닐 수도 있다. 아니 어떤 결과가 오든 중요한 것은 오늘, 바로 지금, 인간답게 살고 있는지다. 이것은 그 어떤 신중과 합리보다 우선해야 할 가치다.

우리는 너무나 많은 신중 속에, 너무나 많은 계산속에 살고 있다. 그리고 적들은 바로 그 위에서 번식한다. 항상 그럴 수는 없지만, 바로 그 신중과 합리를 뒤집어엎지 않으면 안 될 순간마저 놓치면 그다음에 직면하게 되는 것은 불안과 굴욕의 지옥도일 뿐이다.

"침묵과 굴종을 가르치는 교사로 살 수는 없습니다."

"악법은 깨뜨려 지킨다."

역시 오늘 자 〈한겨레〉 9면을 장식한 전교조의 전면광고가 이렇게 부르짖는다. 마찬가지다. 단 한 명의 조합원도 내치지 않기 위해 법외노조화를 감수하기로 한 전교조의 결기에서도 나는 분노할 줄 아는 인간의 얼굴을 본다. 흔히 잘 모르고 지나치기 쉽지만, 언제나 오늘은, 아니, 오늘이야말로, 우리가 인간인가 아닌가 물어야 할 그 결정적 순간이다.

이 깃발 아래서

베르테르의 편지는 여태 도착하지 않았고,
구름 꽃 피는 언덕도 다 파헤쳐져
이젠 누구도 피리 따윈 불지 않고,
남녘 항구에 온다던 배 끝내 오지 않아
이젠 떠날 곳도 떠날 수도 없게 되어버렸는데,
4월만 다시 왔다.
그 어떤 깃발 아래서도, 다시는
그 어떤 맹세도 하지 않겠다 다짐했었다.
그러나,
이 색 바래고 찢긴 깃 폭 아래서도 그 다짐은 유효할 수 있
을까?

세월호 700일이다.

하루하루 살아내는 일이 더 숨 가쁜 사람에게 기억하는 일은 생각처럼 쉬운 일이 아니다. 생각하고 살아야 한다는 말을 듣기는 했지만 무엇을 어떻게 어디서부터 생각해야 하는지 가닥을 잡는 일도 매우 어렵다. 생각하면 할수록 견디기 힘든, 자동화된 반무의식 상태가 되어야만 가장 해치우기 쉬운 나날의 과업 앞에 '기억'은 커녕 '생각'도 사치스러운 일에 가깝다. 생각하고 기억하는 순간, 먼저 다가오는 것은 '과연 이것이 사는 것일까?'라는 질문이며, 그에 대해 대답하는 순간 곧바로 엄습하는 불안과 공포일 것이다.

많은 사람은 혼자 힘으로는 이겨낼 수 없는, 그리고 누구도 함께 맞서줄 수 없을 것 같은 이러한 불안과 공포를 이기지 못하고 다시 자동화된 일상의 소외된 의식, 소외된 노동, 소외된 관계 속으로 쫓기듯이 숨어들어간다. 그리고 남는 것은 생각하라, 기억하라, 하는 이제 겨우 피해서 도망쳐 온 질문과, 그 질문을 타고 들어오는 불안과 공포를 일깨우는 목소리에 대한 저주와, 그 목소리의 주인들에 대한 증오뿐이다. 그게 더 편안하기 때문이다. 이것은 꼭 비정규직 노동자, 알바 청년, 빈곤 노인만의 이야기가 아니다. 모두가 그렇다. 심지어 이 글을 쓰는 나에게도 생각하고 기억하는 일은 언제나 존재의 안정을 위협하는 고통으로 다가온다.

이명박근혜 정권 8년 동안 극우파의 장기집권과 민주주의의 후퇴, 한계성장에 대한 무대책과 불평등 빈곤의 심화, 남북관계의 돌이킬 수 없는 악화와 외교의 파탄, 야당의 보수화와 분열, 대안 정치세력의 부재, 민중적 저항운동의 난맥, 지배세력에 의한 노골적 언론지배와 공안통치의 가속화……. 이 모든 현 상태(status quo)에 대한 총체적 무력감과 정치적 회의주의의 전면화, 그리고 이 모든 것의 반영이듯 각자의 생활현장에서 노골적으로 더 옥죄어 오는 총체적 억압감과 모멸감까지.

"그럼에도 불구하고"라는 말은 대체로 허망하다. 하지만 다시 그럼에도 불구하고, 생각하고 기억하지 않으면 안 된다. 생각하고 기억하지 않는 사람에게는 어떤 희망도 의지도 꿈도 찾아오지 않기 때문이다. 이 나날의 억눌림과 자기모멸의 근원이 어디인지 생각하고 이런 나쁜 지속이 결과할 파탄을 생각하며 이와는 다른 삶과 그 삶에 이르는 경로를 상상하지 않으면, 이 지옥의 나날은 결코 끝나지 않으며 남는 것은 절망과 무기력과 악몽뿐이다. 그다음에 가능하다면 자기 목전의 삶에서 거부하고 저항하는 연습을 먼저 할 수 있어야 한다. 이것은 아니다, 이런 상태가 계속될 수는 없다, 이런 사태에 이르게 한 것은 내 책임이 아니라 명백히 현재의 잘못된 시스템이지만, 이 시스템을 받아들일 것인가 아니면 거부하고 끝장낼 것인가는 바로 내 책임이라고 생각할 줄 알아야 한다.

세월호 700일이다.

304명이 수장되었고 그중 9명은 여태 돌아오지 못했다. 하지만 그 참담한 기억도 희미해진다. 그것은 우리도 같이 침몰하고 우리도 같이 수장되는 중이기 때문이다. "가만히 있으라"는 저들의 위협적 명령을 자의 반 타의 반으로 수락하고 목전에 다가온 죽음을 애써 인정하지 않고 있기 때문이다. 세월호를 기억하자는 말은 억울하게 수장된 이들을 기억하고 그들을 애도하자는 말이 아니다. 미안하지만 우리에겐 그럴 여유가 없다. 우리 자신도 속절없이 침몰 중이기 때문이다. 이미 목 밑까지 심연의 바닷물이 차올라왔기 때문이다. 기억하지 않으면, 생각하지 않으면 우리도 모두 죽기 때문이다. 막연한 불안과 공포가 두려워 목전에 다가온 죽음을 받아들일 수는 없는 것 아닌가?

살자, 이렇게 죽을 수는 없다. 지금 당장 저 기울어져 가는 선실 벽을 타 오르고, 저 닫혀가는 문을 열어젖히고, 도끼를 들어 저 투명한 감옥의 두터운 유리 벽을 깨부수고 이 지옥에서 탈출해야 한다. 봄날의 혼곤한 졸음을 깨우며 어디선가 외치는 소리가 들려온다.

"우리의 간지(奸智)가 이성의 이름으로 절망을 부추길 때, 그대의 심장에 남은 한 조각 붉은 의지를 기어이 불러내 다시 불퇴전의 희망을 노래하게 하라."

어떤 만시지탄

바라던 대로 김기춘이 구속되었다. 그의 구속 소식을 접한 순간 가장 먼저 떠오른 얼굴이 있었다. 강기훈 씨였다. 1991년 이른바 '유서 대필 사건'으로 3년의 징역을 살았던 그 사람. 분신자살한 친구 김기설의 유서를 대필해줬다는, 다시 말하면 유서를 대필하면서까지 친구의 분신자살을 교사 내지 방조했다는 혐의를 뒤집어썼던 사람. 감옥에 있던 시간은 3년이지만 재심 끝에 2015년 대법원에서 무죄가 확정되기까지 무려 24년 동안을 보이지 않는 감옥 속에서 살아야 했던 사람. 이제는 침묵 속에서 간암이라는 병마와 싸우고 있는 사람.

당시 법무부 장관이 김기춘이었다. 그는 이번에 문화예술인 블랙리스트 작성 지휘 혐의로 구속되었지만, 그리고 유신 시대인 1977년에는 중앙정보부 대공수사국장으로 지금은 조작사건임이 판명되어 모든 관련자가 무죄판결을 받은 재일동포 유학생 간첩단 사건을 날조하여 유학생 10명을 포함한 30여 명에게 사형, 무기 등 실형을 받게 한 주범이었지만, 나는 이 유서 대필 사건을 그가 저지른 최고의 악행으로 생각한다.

강기훈이라는 선한 얼굴의 잘생기고 똑바른 한 청년에게 그나마 '양심범'이라는 이름조차 박탈하고 패륜의 굴레를 씌워 그 일생을 완전히 파괴해버린 것을 나는 도저히 용서할 수 없다. 무죄가 확정되었다 한들 그에게 무엇이 남겠는가. 그저 플러스마이너스 제로일 뿐인 24년의 삶을 제하고 나면 무엇으로 그는 남은 삶을 지탱할 수 있을까.

뿐만이 아니다. 강기훈 개인을 떠나 '역사적'으로는 그 사건을 조작하여 기정사실화함으로써, 1991년 노태우 정권과 결전을 벌이던 '민주변혁세력' 전체를 "혁명을 위해 어떤 짓도 마다치 않는 위험한 패륜 집단"이라는 주홍글씨를 붙여버린 것은 아마도 한국현대사 최악의 상징조작 범죄로 그 죄과가 영원히 기억될 것이다. 그는 한 사람의 양심을 농단한 것이 아니라, 적어도 수만 인의 양심을 동시에 희롱하고 더러운 시궁창으로 내팽개쳐 버렸다.

그 무렵은 김지하가 거의 연일 계속되는 분신과 자결의 행렬에 대해 "죽음의 굿판을 걷어치우라"고 〈조선일보〉에 썼고, 서강대 총장 박홍이 "죽음을 부추기는 어둠의 세력이 있다"고 떠들던 때였다. 당시 국과수에서 유서의 필적과 강기훈의 필적이 동일하다는 판정이 나왔을 때 부끄럽게도 내 마음속에서 어쩔 수 없이 작게나마 의심의 파문이 일어났었다. 그리고 그 의심의 작은 파문 때문에 나는 김지하를 끝까지 비난하지 못했고, 이런 일종의 '허무주의에 가까운 옥쇄투쟁'을 낳는 흐름에는 어떤 식으로든 쇄신 혹은 '청산'이 필요하다는 생각까지도 했었음을 고백한다. 1990년대 초반 변혁운동 주체들의 역사적 한계에 대한 엄정한 판정과는 무관하게 나는 내가 '우리'로부터 분리되어 나오게 된 환멸의 큰 부피 가운데 공안세력의 조작에 의한 거짓 증빙이 단 1%라도 포함되어 있었다는 것, 그래서 내가 어쩌면 거기에 얼마간이라도 의존했을 수도 있었다는 것을 지금까지도 견딜 수가 없다.

이번 블랙리스트 사건은 언젠가 꼭 다시 죄과를 물어야 할 그의 막중한 전비에 비하면 '한강 인도교의 좀벌레'에 불과한 일이다. 굳이 의미를 찾자면, 다 늙은 호위무사가 주군의 딸에게 대를 이어 시대착오적 충성을 바치려다가 일어난 '희극으로 반복된 비극'이라는 데에 있을 것이다. 하지만 감옥을 향하는 김기춘의 뒷모습과 함께 한 시대의 어두운 장막 한 귀퉁이가 말려 올라가는 것을 보면서도, 나는 마치 사기꾼을 잡아 감옥에는 보냈으되 사기당한 돈은 한 푼도 되돌려 받지 못한 사람처럼 종내 섭섭함을 금할 수가 없다.

그날은 언제 오는가

기획의 정신과 미래 시간의식은 근대적 지식의 성격을 결정지었으나, 근대의 도덕의식 또한 기본적으로 기획의 정신으로 채색되어 있다. 즉 도덕도 또한 기도인 것이다.

도덕 또는 윤리라고 하는 것은 자신의 내면에 관련된 것이다. 사람은 도덕의 무대에서 자신과 대면하며 자신과 관계한다. 그것은 자신을 방법적으로 훈련시켜 자신에게 행동의 법칙을 설정하고 그 법칙에 따라 자신의 일을 수행해 나간다는 구조로 되어 있다. 어떤 의미에서는 경제의 무대에서 노동이 수행하는 역할과 양심의 세계에서 도덕이 수행하는 역할은 동일하다. 도덕적 양심 또한 계산하며 노동한다. 그런 의미에서 도덕은 기획이 된다.

— 이마무라 히토시,《근대성의 구조》 중에서

이 자본주의적 근대세계 안에서는 순수하게 삶의 충족을 위한 노동이 존재할 수 없는 것과 마찬가지로 순수하게 삶의 완성을 위한 도덕이란 것도 존재할 수가 없다. 나의 노동은 어떻게든 이윤이 되고, 나의 도덕은 어떻게든 간계가 되고 만다. 조금 더 나아가 생각하면 '삶의 완성'이란 것도 또 하나의 기획이자 허위의식이 아니란 보장이 없다. 완성해야 할 삶이란 것은 또 무어란 말인가. 완성이라든가 충족이라는 관념 역시 무언가 꽉 차 있는 것이 올바른 것이라는 특수한 강박의 한 형태일 것이다. 그 역시 세계 내에 존재하는 모든 것을 남김없이 장악하고자 하는 근대적 강박의 일종이 아닐 수 없다. 그렇다면 결국 완성이라거나 충족을 향한 모든 '기획'에서 자유로워지지 않는 한, 나아가 완성이라거나 충족이라는 관념 자체를 버리지 않는 한 우리는 근대성의 그물에서 벗어날 길이 없다.

한 걸음 더 나아가 이 모든 근대적 기획으로부터 탈출하겠다는 생각은 어떤가? 그 역시 또 하나의 기획은 아닌가? 이를테면 아무것도 하지 않기 위해서도, 그것이 자살이 아니라면 우리는 많은 준비를 해야만 한다. 예전에는 어느 공동체에나 정말 아무것도 하지 않고 무위도식하는 사람들이 존재했고 그들조차 최소한의 생명은 부지할 수 있었다고 한다. 하지만 이 세계에서 그런 사람이 살아갈 수 있는가?

탈근대적 사유는 곧 근대적 사유다. 근대성은 우리의 삶과

사유가 존립하고 전개되는 하나의 매트릭스이므로 그 어떤
것도 그로부터 벗어날 수가 없다. 그러므로 문제는 매트릭스
자체의 변화다. 그것은 기획될 수 있는 것이 아니다. 그런 점
에서 생산력의 발전과 생산관계의 변화를 세계 전환의 기축
으로 본 마르크스의 사적 유물론은 진정한 의미에서의 역사
철학이다. 생산력의 증대로 인류의 곳간이 차고 넘치게 될 때,
그리고 그에 대한 사적인 소유가 철폐될 때(아니 그조차 무의
미해지게 될 때) 우리에게는 비로소 더는 완성이나 충족에 대
한 욕망이 발생하지 않는 시공간, 새로운 세계의 매트릭스가
주어질 것이다.

마르크스의 실패는 그러한 시공간의 도래를 의지적 기획
때문에 앞당기고자 한 근대적 강박으로부터 온 것이 아닐까.
하지만 또 그러한 의지적 기획과 실패의 반복이 누적되어야
어느 순간 거대한 시공간의 변화, 매트릭스의 변환이 일어나
는 것 아닐까.

나는 아직 그때가 오지 않은 것일 뿐이라 생각하고 싶다. 그
리고 그 순간이 오지 않은 한 우리는 어쩔 수 없이 헛된 것처
럼 보이는 크고 작은 기획들을 마치 바위덩이를 산정으로 굴
려 올리는 시시포스처럼 끝없이 반복해서 시도할 수밖에 없
다. 그러던 미래의 어느 시점에 '그 날'은 마치 사과나무가 갑

자기 힘을 잃고 잘 익은 사과를 중력에 내맡기는 그 순간처럼 그렇게 오는 것이 아닐까?